感覺有點奢侈的事

黃麗群

目次

輯四　（也不）怎麼樣的生活

【代序】

不順的人

我從來不習慣像其他女人一樣在更衣室裡徹底地全裸行動；像那樣嘩一下推開淋浴間毛玻璃，仰面排闥直出，她赤足裸體，浴溼未乾，水珠沿著髮絲肩線下顎乳緣沿著一組不再屏擋的關鍵字落下……

每滴水濺上地板，發出其實沒人聽見的啪嗒聲瞬間，有種法術就此從我們腳底如地圖上水路那樣展開了：半公共的空間吸收了這個女人的裸露，就像黃表紙寫下硃砂字，從此成為她的私事、她的主場與她的封印。裹著浴袍（腰間束一個結）的我反而像誤闖賽道的野生動物。她對於我注視或不注視，也都漫不經心。我們擦身而過。

這毫不戲劇化的場景……我一邊洗澡一邊神遊：到底神祕在哪裡呢？好像它有點像寫作吧。微小的個人，赤手空拳，在時間裡無立錐之地，唯一勝算是將心中各種隱情吹成空氣刀，翻轉主客強弱位置，介入所有人的共同生活。有時項莊舞劍，有時圖窮匕現，人類的大規模集合經驗被瓜分後疊加，疊加後瓜分，裂開後癒合，癒合後裂開……每個真正能被人類像基因一樣攜帶下去的句子，都是寫作者在赤身裸體中，與一切身外物肉搏相殺留下的傷疤。

關上水龍頭，我將門拉開小小縫隙，咻一下伸出手像蛇收回舌尖抽回門外掛鉤上的浴袍，穿緊，才走出去。

也非忸怩羞恥心，或者沒有安全感。這場合也談不上敝帚自珍。大概，只因天生是個不順的人。

我始終卡在這件浴袍上。

＊

這個夏天我做了件有點奢侈的事：參加一個運動俱樂部。其實是針對它的游泳池。思路撞牆時我往往沖個澡就憬然有悟，所以我想，如果能一邊運動、一邊泡在水裡，會不會更加開竅，更受天啟，更容易頓悟呢？但事實證明這當然是個腦袋從耳洞進水的異想天開。我總是在游一千五百公尺時囉囉唆唆地想：寫一千五百字好像比較輕鬆點啊？回到書桌前又手心發汗，覺得唉我還不如去游那一千五百公尺吧……狡兔三窟，窟裡都鋪針氈。

倒是女子更衣室很有趣，因為是住宅區，會員八成以上是地方的社區媽媽，熱門時段不像其他健身房在下班後，而是午後到晚餐前。我也常常下午去，非常熱鬧，更衣室地大物博，有交誼廳與舒眠室

（到底誰在這裡睡覺？），有蒸氣室烤箱三溫暖，中央三座梳妝島台環繞置物櫃牆。除了淋浴間與廁所之外，處處一望無際。

女人們在這裡驚人地坦白。全裸，或者當著陌生人穿脫內衣褲（這是比全裸更裸的事）。

我常常一邊偷眼看她們（其實不必偷看，她們都很大方），一邊心不在焉地想像，她們可能是怎樣的詩。或散文。小說。古典筆記。歌詞。電影劇本。身體如文體，差別在於當事人只是協力作者，其餘還有命運與基因參與；但我要說的也不是「人要為自己的容貌負責」、「鍛鍊令你身心健康」或「You are what you wear」，而是女人的身體也可能暫時，與生育與性慾與社會資本等工具性脫鉤，成為存在即意義、不必考慮實效的創作物狀態——當然，也難免像創作物一樣具有誤導效果，再熟悉的身體裡都可能有埋伏，此所以世間會有情人反目。這時又是文字反過來向身體借喻「知人知面不知心」了：可能有語言瀰漫天真嬌憨草莓女兒態，但現實中陰刻含酸者；也可能有唱血淚唱反抗唱濟弱扶貧，但現實裡剝削算計者。

然而終究，在這個日常機器的夾縫空間裡，一部普通的女人身體終於真正止息了——完全不必幹嘛，任何的眼神都無效，徹底不為誰服務，連她自己都不服務。落合芳幾的浮世繪〈競細腰雪柳風呂〉畫了女子澡堂裡幾個女人撕扯打架、幾個女人勸架、幾個女人驚訝旁觀的場景，聽起來很香豔，其實粉撲撲的，傻傻的，絲毫不顯色情感。女子更衣室沒有想像中的淫靡之氣，這裡任何裸露都不妖豔——妖豔必須拉緊了絃，妖豔是上膛的子彈。也並非因我是異性戀女子對女體缺乏興趣（其實正好相反，對女人最有興趣的一向是女人），而是「性感」一事從來不存在於皮膚卻存在於精神的騷動；即使是很有美感的身體，不知為何，脫下衣服，都多少有點狼狽相；就像你不可遏抑要向外吐露心中各種危崖部分時，冒出了像是羊被剃光了毛，顫抖站在崖邊的那一句話。

例如烤箱室有個女人仰天睡覺，背底與臉上覆著雪白毛巾，腹部厚實，腰間渾圓，柔軟的肉自信又謙卑垂在長椅上。這像一組細說從頭、長句飽滿的段落。

例如隔壁置物櫃的大姊，說脫就脫啦。貼身衣物褪色了。這像一首時光淡定的小詩。

例如梳妝台前年輕賢妻樣子的人，素顏黑髮細長眼睛，吹頭髮時披在上半身的浴巾滑落，雙乳鏡中反射，右肩有朵線條扭動的刺青花。這是一篇日常隨筆結尾的短嘆。

例如此刻正在我面前換衣服的前老年太太，頭髮鬈得心事重重，很緊的藍綠色泳裝，鉤住肉體鬆脫的情節線，鋪張的結構，垂墜的修辭。這像一篇讀起來有點窒礙難行的小說。

只有我最狡猾，絕對包好浴巾浴袍，換穿衣服很有技巧滴水不漏。非要追究原因，勉強只好解釋為彆扭遏制。這聽起來是較屬於「過度控制」那一邊的行為，但其實它的本質，是種無法控制反覆在心裡搧自己巴掌的動作。之於寫作的人而言，這體質委實令人為難，又特別不太適合性命相見的散文，可是兩年裡自找麻煩地還是寫了些，簡直口嫌體正直，太討人厭啦……我脫下外衣扔進置物櫃（我的泳衣，早就在家裡偷偷穿好在裡面），想起這事覺得莫名其妙。

*

據說早期英國殖民者的女眷在非洲沐浴更衣之際，並不在意男性黑奴是否在場，對她們而言那就像被牛馬貓狗看見一樣；鹿島茂提起十八世紀的巴黎貴族女子，無所謂低等階級的男裁縫師為她們貼身丈量尺寸，也是同樣道理。女子更衣室裡的想法當然比較單純：

「反正大家都是女人」。但這句話有個拐角，像一張插在花束上的小紙卡片，正面寫著：「大家都是女人」，反過來則是：「卻那麼不一樣」。當然不一樣，腰有所長腿有所短，美貌天性、才能命途也分出厚與薄；只有化妝鏡前各人使用的保養品最直觀，愈貴價的瓶罐總是分配愈疲倦的臉……在別的地方，這些不同都能致命，但在這裡，每個人被每個人看到底，一種奇怪的「你看我我也看你」的等值交換感，鬆散的契約或同盟，就此成立了。因此親如父母兒女都被屏蔽的熱點，陌生人直視無妨（啊，就像我無所謂路人胡亂解釋，卻深忌相識者在我面前提起我寫的任何一個字……）。

不過剛剛說過，我很狡猾。慣用語言的人多半有點狡猾。

除了不露出，我也幾乎不主動和更衣室裡的人搭話（嚴格說起來，我其實不跟任何地方的任何陌生人搭話……），從泳池起身之後防水運動耳機也不摘下，她們和我照面，往往顯得困惑：我出現的時間十分不固定，看起來不像坐擁祖產的女人，不像刷丈夫信用卡的女人，不像白手起家的女人……年紀與神情與態度一切看上去，也都不太順，不太搭調。全是一些「不」。

實際上就是個廢民而已。每天三分之一時間睡覺，三分之一時間玩貓與工作與上網，其餘時間或許去游泳，或許和朋友吃飯，或許讀點書，或許去購買日常用品，或許寫一些稿子。

沒有什麼比在這個時空之下寫作、出版這樣的一本書，更加奢侈了。

它的奢侈不是形式上的……當然形式上也是，比方說，若非當時人間副刊主編楊澤先生邀我參加三少四壯專欄，至死懶惰的我絕不可能一年裡逼稿成篇，完成這書中大部分的作品（非常謝謝！）；又比方說這幾年，總算是心境有些餘裕，才可能顧及額外的寫作。其實許多創作都一樣，是大量動員情感情緒思慮心智與時間的業務，遇到大環境與小環境難免的現實磕碰，生老病死，十分容易困窘不前。然而另一方面，又不宜太清靜幸福。比較理想的創作狀態是苦與樂、煩惱與解脫的恐怖平衡，如果稍微偏了一偏，就掉下鋼索；鋼索底下或許是厚厚的軟綿綿的茵褥，或許是尖石，總之回不去了。為了維持這種平衡，很多時候也難免要做些顧此失彼的人生選擇。

但我心中想的奢侈不全然在這上面……而是任何創作的發生根本，都不會是「想討世界的好」。且剛好相反。那是因胸中有不平的風雷，牴觸的氣壓，偏執的雲團，逆天的閃電……一個氣候不順的人。至於「從來不去討誰歡心」這件事，正是生而為人至上的奢侈；當然，這要付出各種代價，不一定是世俗得失，那些向內的質詢消磨耗費已經足夠，那些揮霍的都是自己的心。

為何不往各種更輕易的方向行走呢？其實也可以不聽不看，不動怒，不同情，不注意，少言可保氣，閉目能養神。

難道真的不能皈依各種順服的教旨？誰說不能跟著飛彈去，撿金牛的屎，聽老大哥的話，吃雞蛋，丟石頭。

在更衣室裡，跟大家一起脫光光，不是件很輕鬆，並且也完全不會有人在意的事嗎？

我沒法回答。接近無限深藍的透明裡，我一而再再而三，往而復復而往用力划動。我想雖然答不上來，卻可以祈禱自己日復一日變堅固，祈禱自己不管幾歲都常常在心裡搧自己耳光，像池中水流一直逆上拍擊我的臉，琢磨我的腦神經迴路，也不知天啟與靈光會不會在下一秒就流過耳後（當然，如果能順便琢磨掉一些體脂肪，那就更好啦）。

我沉溺在無意識裡。直到隔壁水道那個剛剛在我面前穿上藍綠色泳裝的太太，極為華麗地開始變換泳式，啪啪啪踩水排浪超車而去。

她快極了，那些鋪張、垂墜與窒礙，完全都不知道哪裡去了。

我嚇了一大跳。誰都以為她是在水裡散步伸展那一派的阿姨吧！她的年紀與剛剛我親眼所見她的身體，讓人完全無法想像，竟能夠游得這麼巧，這麼好，這麼果決精實，也沒有誇張的噴濺與動作。

我本能地奮力蹬起水來，與其說是不甘心，不如說是種肅然起敬的直覺反應。可惜直到最後，把今天份內的哩程數消耗完，都不能超越她。她完全是小說關鍵處一個意在言外的轉折句，瞬間揭露，神醒眼亮，身後細細小小疾疾如律令的水花是一點又一點的刪節號。

我喜歡轉折句。世事到最後終於能有個轉折的空間，也是很奢侈的。

這樣喘吁吁地游不過她，不知為何，心裡反而有點高興。或許生活裡遇見這種小型的戲劇化反差，總能令人感覺輕快；又或許是她這樣精進，莫名滌蕩出一點賦力與願望。我也不明白。倒是原本帶下水的緊繃與逆氣，似乎在追趕她時一點一點吐出來了。我在水裡漫漫無目的，傻漂半晌，翻個身起來，決定去洗澡，然後回家，好好寫完這篇稿子。在更衣室裡，我還是不會嘩一下扯開浴巾袒現身體的，也還是不太想跟人講話的。就是這麼一個有毛病的不順的人。不過，吹乾頭髮時，若在漫長的化妝鏡子裡，與這位脫下了藍綠色泳衣、正拿浴巾用力搓乾大腿的太太四目相交，我一定會忍不住對她笑的。當然，她一定會覺得莫名其妙，心想，這個看起來陰陽怪氣的女人，到底在笑什麼呀。

輯一　（也不）是過於偏執

感覺有點奢侈的事

午後，用餐高峰時間過了，小食店的老闆坐下來吃飯，想了一想，他決定起身從冰櫃裡拿出一罐賣給客人的啤酒打開來喝。凍得透透地。空氣裡等待很久的水氣，終於能凝成一滴冷汗，從瓶身上滑下來。

在超市買零食在藥妝店買小東西，不必看標價，隨手掃了什麼就是什麼，有一大籃（其實，我常覺得，人做著一份穩定薪水的工作，為的也不過就是這個）。一群人在差不多的館子裡吃飯，大家點菜要酒時，也不注意價錢。談笑之間就掏錢買下房子的事，同樣看過，但那感覺裡沒有奢侈，只是……對方剛好需要一棟房子，而又剛好有很夠的錢。「很夠」這個概念在形而下的物質世界裡或許是奢侈的，但在精神上，它不奢侈。奢侈就是要在明知夠與不夠之間、過分與不過分之間，散漫無心地踩過來踩過去。

小女孩的長髮上繫著一枚方方面面無懈可擊的絲緞蝴蝶結。小男孩的球鞋上綁了踢不散的鞋帶。

商務飛行的長途上，和空服員說：「請別叫我吃飯。」然後蓋上毯子，椅子放平，結實地睡滿十幾個小時。說起來，再怎麼樣，飛機上的東西都沒什麼好，為什麼大多人還是捨不得錯過各種酒，錯過水果，錯過麵包與奶油？「優雅就是拒絕。」香奈兒說。奢侈也是拒絕。但刻意的拒絕，就是假的。唯有基於「我好想睡覺」這類庸俗微末小事的拒絕，是真奢侈。

小孩子放學回家，媽媽已經準備好了冰牛奶與餅乾或綠豆湯。價錢不過三五百塊的時鮮，只有特定地方在賣，為了嘗新，花三五百塊坐計程車去買。大茶莊的孩子，偏偏不愛喝烏龍，於是家裡人把上好的烏龍茶葉烘成紅茶寄給他。

新春拜廟，什麼太歲燈功名燈平安燈健康燈，能亮的，都點起來；前程如何，不必計較。

一整櫃子一整櫃子的紅底鞋或柏金包不是奢侈，只是買了很多東西。沒落的少爺在過年時，傾其所有，講講究究，跟家裡人吃一頓好飯，那是奢侈。奢侈不一定是壞事，好比一個孩子小時候，坐在父執輩的膝上學認字，長大後才明白那是一代大儒。

切得比平常厚一點的烏魚子（大概兩枚五十元硬幣疊一起的程度吧。太厚，又俗了）。整罐真正的墨西哥車輪鮑切丁和湯汁傾入一起煮排骨稀飯。拿魚翅羹過一過，說是漱口，就撤下去，這樣的事，同樣見過，但那也不是奢侈，只是輕狂。「天狂有雨，人狂有禍」，日後，總會有人想起，為此嘆一口氣。

在合於人情義理的範圍內，不做任何克制。例如拖稿；例如毫不掩飾撇嘴表情；例如一個人吃掉整盒糕點；例如富有技巧地適量釋放惡意；例如漂亮的人坦然承認自己漂亮。花一整年的時間寫出一小段旋律，或者三個月磨出兩個句子，或者看見富有天賦者，偏偏不願好好做合於天賦的事。

而像這樣取了一個有點兒像《枕草子》的篇名，也是感覺有點奢侈的事。或許還加上有點可厭吧？但是，奢侈這件事，正要有一點點的可厭，就那麼一點點，像一根養得長長的指甲尖，套了鏨花寶石金指套（對啦，就是你在《甄嬛傳》裡看到的那東西），搔一下，也不確定是痛是癢，也不傷人，可是仍然在心尖上，起了一絲紅痕。

喝一點的時候

喝一點的時候我很好。一切都輕，一切重得拖住靈魂的事情，此時都輕得像靈魂，讓我心無罣礙地做一個好人。

而靈魂可以隨手像一張衛生紙被抽掉，像一尾憨魚被勾走，或者就只是無所謂地渾身毛孔抖擻揮發而去，吹一口熱氣便能舌尖散火花，瞳光灼灼，人世瞬間一亮，心裡若有結，來龍去脈都剎那明白。雖然下一秒又滅了，又是黑暗又是糾纏。但是我們早就無所謂黑暗，習慣了糾纏。

我想大多人小時候都有這納悶：有時它看起來色如蜜糖，有時偽裝成琉璃露水那樣清涼，有時冒出歡喜踴躍紛紛氣泡，但總是只有看上去是那樣。其實味道從來不真的好，燒喉嚨，聞上去也嗆，血壓升高，眼裡麻痺不清醒，真不懂大人們何必自取其苦？後來才知道倒不是它苦，只是童年太甜。我也是開始喝一點之後才知道，長大成人，自取其苦的時候多著呢，也不差這一時一刻。

喝一點的時候我盡量跟自己講清楚說明白，再怎麼樣，就只是這一點，少了或多了，不足以顛倒日常或太過動盪，都不會快樂。快樂就是這樣人心稍微傾斜一點就溜開的東西，快樂就這麼危險。喝一點的時候，未必是看上去聽上去那樣風雅，什麼午夜的小酒館，什麼香檳或柯夢波丹或者大吟釀，什麼漂亮的人們什麼別致的故事……有時，根本也就只是像哪個老伯一樣在路邊的便利商店隨便買很便宜的小罐威士忌或者金門高粱，沒有聲音沒有劇情地（當然也沒有小菜）

下嚥——像我素所喜愛一詩人的某篇題名〈荊棘下嚥〉：「眼角那魔鬼許願／讓痛苦在喉嚨裡開花。」

然而喝一點的時候，我感覺心裡那一整排鐵爪扣鋼弦，被偷換成一卷絲線，怎麼撥觸都不傷手。大家詫異地說我顯得這麼親切。「你不笑的時候臉可真嚴肅。」「你平常根本不會說這麼多話。」「你忽然變得不怕生了。」但也只是如此而已。你一定聽過寫作的人有時喝一點才下筆的說法，不，我絕不這樣，喝一點的時候你要非常小心，小心別把自己也不小心傾倒出來，在這個世上不小心倒出自己的人，都會覆水難收。但也唯有喝一點的時候，我對任何人能恆久忍耐，對萬物都有恩慈，對我的恨不嫉妒，對凡事有些許盼望；唯有喝一點的時候，也是輕信的時候，輕信世界沒那麼多惡意，輕信自己也有可能幸運；喝一點的時候，緊攥的手指鬆下來，手心如眼張開，既不朝上，也不朝下；喝一點的時候，既不是神的時間，也不是魔的時間，不是降罪的時間也不是賜福的時間，而是理解的時間。理解了軟弱，理解了愛恨，理解了世界上為什麼要有勵志書以及芭樂歌。

唯一可惜的是，第二天，一覺醒來，除了留下一點頭痛，我又成了一個壞人——沒有辦法。人只要一清醒，就做不成好人了。

強迫狂

總是把雙手的指甲剪到末路；喜歡上什麼食物，就每天吃直到想吐；凡外出必得洗頭髮（曾經因為這樣，一日洗了三次）；忽然想起什麼實在無關緊要的小玩意兒，一只手鐲，或一張CD，「咦，好像很久沒看見了？」馬上就地發狂，就算耽誤全世界的大事業或者正在拉空襲警報都不管，但找出來之後，也不過是：「噢好，原來在這裡。」隨手放在桌上，心安理得出門。

在外用餐不斷拿衛生紙擦拭桌面；床鋪必定要有一側靠牆否則

不能睡（出差時進了飯店房間，第一件事經常是搬家具挪床）；每隔一段時間，把電腦鍵盤按鍵全拔起來，拿肥皂水洗洗裝回去；多了顆痣，會疑心得到皮膚癌；激烈不顧的時候，不管什麼都要讓它挫骨揚灰。

有一陣短時間裡，中邪似地看了數十部亞洲恐怖片，日日夜夜一部一部，各種時空化身出沒的各種怨傷苦毒，那些鬼才真是連死亡都不可治的偏執狂啊，我邊看邊怕邊心安：大不了，就是這樣子嘛。又有一陣子，過量囤積某個牌子某種香味的沐浴乳與乳液，至今都沒有用完。

可是我已經不喜歡了。

大片大片的虛擲、大段大段的沒有道理；很多時候不放過別人，更多的時候不放過自己；看所有事最不可聞問的一面，看所有人最不堪一擊的一面，看人情裡最可哀最不祥，或者最難忍的一面。為太多明知無謂無關的事折磨心腸；隨時準備破壞，隨時設法離開。我知道自己常常像個肖婆，我知道自己是一枚錯字在一本絕版書裡無從訂正。有位醫師朋友勸告：「這樣下去，說不定會變成真正的強迫症。」「但也不全然如此啊，更多時候我是很散漫，很凌亂，很漠不關心也很缺乏意志的啊。」我說。

「所以，相形之下這些行為豈不是格外麻煩？」他顯得更苦惱了。

誰不曾被無理的執念蛛網困在牆邊呢？誰不曾無法譬解地做著荒謬事呢？誰確實放下了呢？誰真從牛角尖鑽出來過呢？最終都只是不得已地在現實裡把自己剪掉一點，折斷一點，摘下一點，蝸牛角上才有側身處，石火光中勉強學永恆。因為也不是真正傷筋動骨，頂多在行為裡留下古古怪怪的疤痕，小小的穿孔，輕輕的撕裂，微微地搖盪不穩，看上去，多麼無聊無解，不值一提，只是怪癖吧，只是件談資，只是太想不開，只是太任性了……只是只是都只是，都只是小事而已。

但正是那些糾纏的小困難最讓人難以堅強（好像三更半夜發生了牙痛）。而所有貌似輕描淡寫卻難以自控的儀式背後都有不可告人的悲哀。

活躍在昭和時期的作家吉行淳之介寫了一篇短篇小說〈輕脆的骨頭〉：妓女君子與年輕恩客過夜次日，必定拜託他一起上百貨公司，「陪我辦嫁妝吧！」然後用自己的錢，買件家庭用品，勺子或打蛋器。「為了把夢想拉近身邊，她才出去購買這些廉價的物品。」肺疾暴亡後，君子留下一只手提箱，裡面塞滿包裝精美但毫無價值的雜物。沒人知道是怎麼回事。

你的手提箱裡裝了什麼呢？

亂著

過日子我喜歡亂。

我喜歡回家時打開門，四下黑靜，空氣清淡，摸索著亮起燈，一室生活殘局剎那照見。前夜未鋪的床，今晨未竟的咖啡，上週末完成的書報，回國竟月仍然理不清的行李……或許有點煩，可是這煩裡有體己，有證據，像剛換下來扔在床緣一件破家居服，他人眼裡恐怕邋邋遢遢，自己身上卻是貼住皮膚，摩挲有餘溫。過日子不是沒有吃力的時候，不確定在這世界幹嘛，只好常常惦記著這些來不及收拾的事。有些人活下去，靠陌生人的善意；有些人活下去，靠不想留下一場亂攤子。

喝茶使同一盅杯，吃飯挾同一雙筷，衣架鉤子必須向著同一邊……小規模的日常規矩，看上去很美，實際令我非常厭煩，好像一個人永遠不夠謹小慎微，永遠不夠求全，永遠得維持一個你根本不可能永遠維持的秩序。秩序。秩序實為恐懼與控制狂之女，像一件機器繡花，布面優美，反過面是一群突圍不出的線頭。所以，如果可以，我便盡量破壞。用過東西不歸原位，但我記得最後把它放在哪裡，如一個長情不褪的舊友；出門前試穿的衣服，絕不馬上掛回衣櫥，如許多半路醒來的夢境；讓植物死，讓貓毛飛，你一定記得那句老課文：「一室之不治，何以天下國家為？」問題是，就算有多少堅壁清野，多少霹靂手段，人在惡世敗國，其實不能如何。

於是寧可亂著。我反對管理行程，抵制計畫人生，光鮮富裕的人們諄諄善誘大家如何按部就班，從小處做開你的功成名就——不如，就從你的行事曆開始？那我便把行事曆都送人（或許這正是我人生走到這步田地的原因？小朋友不要學）。我喜歡任何稀爛不整齊的食物，沒法兒分剖是非黑白的食物，藕粉，麵茶，芝麻糊，剩菜剩飯倒在一鍋煮成粥。一口是一混沌，天地七竅要開不開，我也無所謂。書桌是移山倒海的樊梨花，皮夾是天昏地暗的鎖麟囊，但最亂還是作息，有一日我愁眉苦臉地說頭疼了幾天都不好，頂心周圍幾個大穴，使力按下，居然凹陷不起。「這就是所謂氣血兩虛。你可以不要那麼晚睡嗎？」中醫師問。我想起小學二年級，父親有一日說（記得是假日中午吧，我們站在街燈柱下，等車出門午飯）：「妳呀，我看妳將來一定是胡吃濫睡亂穿衣的。」……我對中醫師無可奈何笑一笑。

其實，每隔一段時間，也都會徹底清理一次的，像大部分亂著的人一樣。然後很快很快，日子又追趕過來，積木一樣層層堆起，我又把它推倒，換個方式重演一次薛西弗斯。希臘悲劇到今日，真的沒有進化；也或許我抗拒秩序，只是為了滿足自己能將災難一手挽回的想像與野心，像奧林帕斯山上諸神那樣一面製造混亂又一面在混亂裡行神力，一個衰衰的、窮人版的超級英雄，看著自己這麼需要自己，心裡都軟了。是否其實薛西佛斯在苦役裡，也有種線頭迷走暗竄，你與我與他自己都捉不出根底的悲壯的成就感？虛榮啊，電影裡的撒旦說，人所行的各種罪裡，虛榮向來是他最愛的惡行。

一點恨

奇怪的是她家裡沒書，真的沒書，中英文都沒有，卻大概在唐人街買過一本《張愛玲短篇小說集》，舊版本，開頭一篇〈留情〉裡，她在這句子旁想當然爾地打雙槓：「生在這世上，沒有一樣感情不是千瘡百孔的。」一頁翻過，墨水吃透紙背，表裡都紅得發狠。我想的卻是：她若一時念及世上另有千千萬萬人也都在此處畫線加圈，心中必定極不自在。

她住在太平洋西岸美麗的港灣城市，最好的區，最好的三房水景公寓與最好的樓層，四面玻璃剔透如萬年冰，270°景觀居高臨下，晚上是漂浮夜行船燈的海面，白天是遠山黛間水天青，她掙了半生，掙到了，撐住了。只有一次扭開音響時她說：「歌劇真美，這才是高級的趣味。」被這麼一句掙的口氣洩了底。

養了隻貴婦人不可缺的熊樣巧克力貴賓犬。那犬愚痴，又饞極了，因為永遠被她餓著，讓牠一直絨絨小布偶貌，「太胖我抱不動。」她說。每日花很多時間蹓狗，蹓狗時她總穿帶桃色粉色少女運動服與緊身褲，緊緊勾勒做工精良的胸部，眼線飛起如雕梁畫棟，高跟厚底涼鞋，鮑伯妹妹頭，是她六〇年代一手殘局的青春。大多西洋男子看不出她年紀，有時藉狗攀談，她喜得說不盡；或者在外用餐，對侍應小哥或中年男經理放出嬌痴手段，對方若不為此格外地敷衍她，她又惱得說不盡。

年輕時她總招惹姊妹的男朋友，總不成功。那時候哪一家都窮，她家姊妹特別多，特別窮，她恨。二十出頭在旅行社工作認識了香港華僑，總算嫁遠了，也不是飛上枝頭，婆家欺侮她無非也因為她娘家遠，沒有錢，學歷又是未完成。她全年無休懷孕也挺著肚子看守酒店底下的禮品鋪，有一日，再次受婆婆與小姑奚落，她抽出收在櫃子底下很久一根球棒，把整間店的水晶小碗小碟紙鎮瓷器小玩偶陽春白雪地搗乾淨。從此婆家人講話，都很知禮。

八〇年代她做房地產，趕上全球大景氣二十年，賺錢如流水，自此覺得娘家跟她「不是一個檔次」，少有往來，但日後打離婚官司，財產暫時凍結，需要一筆墊款，還是跟姊姊開口；為了新男友回台灣做闌房手術，也是娘家人照應。兩個孩子，一兒一女，兒子像父親，有點兒太文靜溫吞，志向是賣珍珠奶茶，她不搭理，只帶女兒同住。美麗甜蜜的女兒，她燒心入魂在名媛教育上花費金錢無算，十八歲進入哈佛醫科，請母親與姊妹飛去參加由她女兒代表致答詞的高中畢業典禮，她們不疑有它地去了，一路受著她的張牙舞爪，我知道她是趁此把多年毒血一次利多出盡：半輩子過去，妒遍了這個那個，最終居然沒有誰妒她，只好在世上那幾個對她真心的人身上踩一踩。

「You filthy whore!（妳個臭婊子！）」她說，這是女兒罵她的話，因為她有時把男人帶回家。若一切是場虛構，那麼這角色，這對白，太不創新，但現實人生，總能另出機杼：我聽見她如何控制比例，讓它說起來有三分傷心，又有三分得意。這是我親眼所見：世間裡，多少多少愛都無法保證救贖與天使，可是，只要一點恨，就能呵氣成冰，雕成一幅地獄圖。

如何做個局外人

首先你得彆扭。「彆扭」兩個字乍看是「曲曲折折水，重重疊疊山」，其實裡面藏了一種筆直，讓我想起一根擰歪的迴紋針。合不起，搭不上，雖說落在懂得的人手裡也可能有大用，開鎖，防身；但抵著皮膚時又難免戳戳的不安靜，一如彆扭總是附加無法解釋的神經質心理，例如我深恨與人討論作品與工作（我疑心許多寫作者都如此），永遠記得一個譬喻：「你早上吃了隻好（或壞）雞蛋，也不會想找出那隻下蛋的母雞」；又例如，懶得費心爭取理解，壞一點時趁機絆倒那些誤解。我記得自己一上高中就鎮日遲到，讀課外書，成績不好，不參加任何班級活動，都是太無聊小事，但高一那中年女導師屢屢找我談話。有次問：「妳媽媽是做什麼的？」「我不知道，她說她在打雜。」她眼神變了，但我清靜了好長時間：對於都會區白衣黑裙自我感覺良好的女校高中國文教師而言，這完全合理，打雜母親，單親家庭，出個破少年是天經地義，她妥貼了，不再追求解釋。直到某日再度把我叫進辦公室，面有困惑與祥雲：「今天我請你媽媽到學校來了。你為什麼騙我說媽媽在打雜呢？」我嗤地一笑：「她自己說的，她說每天都在幫老闆打雜，我怎麼知道。她的職業是什麼很重要嗎？」對方沒有回答。

扯遠了。然後你需要害羞。忸怩，結巴，不直視對方眼睛，這是壞劇本裡寫的害羞。我在自己身上領會的反而是那些自然而然，行雲流水，面不改色，看上去麵衣好堅強，但底下是豆腐。豆腐在抖，豆腐要散，而麵衣一咬就喀啦啦碎了。真正害羞到極點的人可能顯得比誰都活潑：若不如此，如何遮掩心中指爪的刨抓與尖叫？道理近似老陰換少陽的變爻。某些友人很難想像我是最近三五年才被工作逼成一個貌似大方的社會人，只有出差時露尾巴：各國同業共桌用餐場合，之於八面玲瓏者，是完美如蜘蛛牽絲的編織人脈機會；之於我，則是整晚微笑不發一語如蠶嚼葉的結繭時間。人與人，實在沒有那麼多好說。沒有。那些過場的用來塗抹人間鋸齒的每句奶油話在空氣震盪一次，我就感到血管多堵一層，魂魄剝落一層。你不知道假裝在乎是件多煩人的事。

以及冷淡。熱忱，熱血，熱情，熱中，熱門，熱心，熱鬧，能避則避，沒有罪惡感。地球已經過燒，涼一點也好。我疲於應付人情，如果是個電池人偶大概可以走幾萬步，跳幾千下，不斷眨眼一百年，但是假笑只需三次就沒電。因此也從來只願把力氣費在接近喜歡的人事而走避不喜歡的宛如蛾子奔向光。這其實是件你以為容易但總是太難的事，因為社會事正確操作方式是往熱的地方去，但也因如此，或許我走過撞牆的路，落過死局的子，可是，我從不後悔：人會後悔，真正原因並非結果不如意，卻是因為當初做了一個深知自己違心的決定。

然後，就能成功做一個局外之人了。便也無所謂十厄勢或幽玄勢，千層寶格勢或雲起成霞勢。不覺得意，也不以為恥。或許有志長者或社會賢達或富貴中人天天搖頭抱怨：為何此代青年多發頹唐之語？為何堂堂博士要去賣雞排？但局外的人們不爭取他們蓋章，懶費時間解釋。其實，世情到了真正纏亂不解的殘局時刻，常是那些不長眼的局外人一不小心踩過去，打翻它。大人先生們，歷史一向是這樣的，別怕。

過敏時間

過敏這事情的中心主旨是：世界上，就有那麼一件（或者悲慘一點，許多件）東西，硬要跟你過不去。

當然如果我們樂觀一點，也可以想成是你的基因跟這些東西過不去。但結果都一樣，反正倒楣的終究是你自己。

最討厭的是過敏原往往一副普普通通人畜無害模樣。空氣中那一點看不見的灰飛煙滅，季節到時花與樹壓抑不住的紛紛爆發，花貓黑狗胖兔子。一顆睡眠藥丸。甜草莓。脆花生。鮮雞蛋。蝦與蟹。熱紅酒或者冰牛奶……愈微渺愈險惡，愈豐饒愈刁難。我喜歡看食物包裝上寫著：「本產品含有可能導致過敏的某某成分……」它可能只是小學生放學後邊走邊吃隨手丟掉後在制服上抹抹油的小餅乾，你向來不知道這小餅乾有天竟然起殺機。日常的恐怖，風和日麗裡的偷襲，這情境，日本人深得箇中三昧。有時我忍不住想：他們的文學或戲劇那樣擅長一種未必真正邪惡但實在無端的惡意，除了民族性之外……是否有那麼點原因是花粉症實在太惱人呢。

我的體質一向很穩定，小痛偶爾，大病沒有，不暈車也不暈船，一年裡頭最多感冒兩次。可不知為什麼，三十歲後特別容易皮膚過敏。總是忽然一天，從上半身開始，一個個不規則小圓，像竊竊搭上肩膀一隻手，沿著上臂，走向腕間，一捺一捺，微熱的指印。它很知禮，再怎樣也就是這樣，不多一步，也不騷擾，無痛癢，只要穿上長袖我仍像所有沒事的健康的人。最奇怪是白天它只是有點兒玫瑰紅，甚至看不見，可是一入夜就如夢初醒，不甘雌伏歷歷浮起來，血路支離瘢痕破碎，好像在說它忍過了，它現在要張狂，要做怪，要在你的身上開派對，但也不用太擔心，天一亮大家會原地解散，只留下地毯上的紅酒漬。

我自己給自己的解釋是，就像人到晚上總是比較不理性……但難免期待科學有說法，一個除魅的不神祕的安身立命的說法。可惜醫生也講不出所以然。「總之就是過敏囉。吃藥擦藥，避免刺激性的食物就好了。」我忍不住抱怨，怎麼這麼大了才冒出這個毛病呢？吃的喝的都是一樣的，怎麼有一天這些好事變成過敏原了呢？他也只是笑一笑：「很多人都這樣，到了一個年紀，才忽然開始對某些本來沒事的東西過敏。」「為什麼？」「不為什麼。就是時間到了而已。」我嘆一口氣。

為什麼？不為什麼。誰說世間種種為難一定能解釋，非得有原因？就像那些你要不到的，那些不要你的，那些怎麼樣都輸的，那些做不做都錯的……有些時候有的人會告訴你關鍵在努力。快別說笑了。人類其實心知肚明，只是都不敢不忍告訴自己：努力就好的事，根本少之又少。你若不是等著，就是認了，除此也無他法：你何曾看過誰因為「很努力」而終於治好了他的過敏？

我愛剪指甲

我愛剪指甲。我每天剪指甲（是的，寫下這行字時也正一面剪著）。

屋子裡到處是指甲刀，客廳裡也放，洗手間裡也放，臥室裡三把。化妝包裡必須有，也不知為什麼我指甲和頭髮發展非常迅速，常常聽女孩們各種苦惱如何能讓頭髮生得快一些？心急啊，留滿一匹富餘及腰的長髮怎麼就要三年？三年後人都老了。但我困擾卻是每月必須固定貢獻金錢以維持耳下三公分形狀。人就是這點賤。

最奇怪是年紀愈大它們動得愈快，好像鬼話裡著邪附身的古人偶放在儲藏室，一不注意就髮絲垂地十指箕張成爪；小泉八雲《怪談》裡一篇〈黑髮〉也是蔓生難禁死了都要恨（或愛）。按照這邏輯，我大概是執念深到妖魔鬼怪的地步才會變得這樣萬物生長。所謂髮為血之餘，爪為筋之餘，有時也惱火覺得身體裡那些筋血什麼的根本是一直往外逃，它們不想留在系統裡，它們發野，它們受不住鎮壓，它們要現形。玄門中視髮膚指爪為祈福或厭勝的引信似乎也非全然無稽。

就只好一直一直修理它們，我常以大拇指指腹抵著其餘四指指尖，檢查它們是否不甘雌伏。我喜歡指甲刀刀鋒一口咬下去時脆脆的韌性的「喀」一聲。金剛聲。破甲聲。了斷聲。一片彎而帶尖角的硬殼彈落，沒有拖泥帶水，小規模的窮人版的無痛的自絕。像是取來橡皮擦從末端慢慢將一具不應該的身體從紙上擦掉，只留下些碎屑，吹開又是張空蕩蕩的白紙。我一般會把指甲剪到離甲床不足半釐處，也就是再往下就要見血的程度，是關漢卿寫的〈禿指甲〉：「揉癢天生鈍」，「縱有相思淚痕，索把拳頭揾」旁人說光看都覺得痛，有時也會慘遭阻止，那時我就說「好啦好啦不剪了」，幾分鐘後再偷偷繼續。偶爾也幻想自己能多幾雙手腳，例如蜘蛛，或者蜈蚣，因為我不喜歡也絕不想要幫誰剪，覺得那對彼此而言都十分噁心。而我若對千手觀音有任何豔羨之心，大概也不會是祂得證菩薩果位，而是祂有好多好多自給自足的指甲（話說回來菩薩才不在乎這種事吧）……我想這真是離菩薩道的心情很遠而離鬧鬼的人偶比較近的。

　　指甲太短其實挺不方便，粽子上的繩結拆不開，衣上鬆脫了絲線也揪不起來，有時連揑扣子扣都手滑得厲害；我的指甲偏圓長形狀，據說好像還不錯，大概是非常容易就能修整成美甲廣告上的樣子，或便於利用亮片亮粉水鑽或在上面彩繪什麼的吧……這樣說可能會得罪人，但我常見美甲沙龍或美妝達人們各種五顏六色、非常立體，甚至特意使用凝膠將指甲延長的設計，都覺得那好像許多顆不同的心中好多不同的糾結，一路具象化往外從十指尖端爬出來……特別是夏天常見著涼鞋女子露出精緻的足尖，我看得出那費心整理過，可是為了在上面作畫，特意把腳趾甲蓄到下彎幾乎觸地的長度，真的好嗎？……但我無法說什麼，坐立不安，回家第一件事就是把自己再剪短一點。

當然這絕對是我的腦子有問題。我知道如果可以，如果不會痛，我真的可能一把指甲刀就把整個自己一路剪成一大堆屑屑，可惜行不通，所以只好轉向修剪指尖附近的角質與硬皮，然後找罐指甲油慢慢塗上它們。前兩年我還用些高飽和度的亮色或深色，再前幾年也不忌諱珠光或亮粉，不過現在大多用膚色藕色，淺橘或粉紅，這些顏色軟趴趴的，沒什麼力氣，要仔細才看得出來，是我不願讓人看清楚的慰靈與超渡。說起來不知為何，女鬼的故事裡，大家總典型地描述她們長髮披散，指甲尖長，大概覺得那是具體而微呈現了怨念之糾纏與銳厲，但其實呢，唉，諸君，短頭髮，短指甲，盡量不擺臭臉，日日咬牙寫稿的克制類型，也不是沒有的。

難吃

這世上沒有哪個廚子以展現拙劣手藝為職志的吧？沒有哪間餐廳為了提供壞食物而存在的吧？但為什麼，難吃的東西還是這麼多。

「幸福的家庭都一樣，不幸的家庭各不同。」食物也是。台北街頭三步一飲五步一啄，據說處處好口味，但近幾年我開始感覺步步是驚魂。不過人好不好無關出身，食物好不好無關貴賤，後來我不太相信一分錢一分貨，便是嘗過些貌似很像一回事餐廳的緣故，舉目珠璣嚴飾，盤中綺麗豔說，有多用力就有多空，處處一無遺漏地洩漏手藝與想像的單薄。當然，生意還是能做，要多虧許多樂於以吃出貴價驕人的食客（近年大多是口袋有小錢而自居上流的年輕部落客），我猜那心情有點像上了詐騙集團的當仍堅信下個月就有頭彩獎金入帳的老太太。又例如五、六年前，我與一群朋友特地跑到荒郊野外民宅公寓裡吃一桌被誇上天的私房菜，整頓晚飯老闆娘站在桌邊，每上一菜就渲染一次有哪些名人眾口交譽，又是哪位政要金孫歪嘴挑食只喝她這盅湯，口水多過茶，我想遮住碗，眾人遲遲吃不到亮點，一言不發，出了門，又氣又要笑。

日常街市食肆則正好相反，不好無非因為太潦草，大多還是節省成本緣故，材料作法不精實，味精像下雨一樣撒。台北一向是出外人的城市，出外人總有更重要事情等著忙，不強求的韌性在小吃小攤上特別明顯。吃的人與煮的人彼此有默契，大概都是便宜，吃飽，也就算了，這是做生意，不是過日子，真要好好過日子，等我們在這繁華夜都市都搏得一盞燈光閃閃熾時再說吧。有時也看得出掌勺者其實非常不擅割烹之道，家常口味都力有未逮，只是賣油湯，大概是相對容易的小本生計，你要吃飯，我要吃飯，所以硬著頭皮也得上，油一點鹹一點，雞粉下多一點，看看能不能把粗礪多渣的現實，一時勻過去。

描寫餚饌之美有各種各樣詩文成語形容詞，天女散花似的。就算是醜陋也有恆河沙數說法。可是難吃這回事，講來講去，竟也就是兩字「難吃」，頂多加一句食之無味，或再加一句難以下嚥，它從舌尖起就全面解散了想像的可能，慾望的反高潮，所有人的不屑一顧，當然也從沒誰費事寫一本《某城難吃指南》。有時，它只是一心渴望往更好的哪兒去，卻完全走反了路；有時，它就是欠缺了什麼，靈光，性情，精巧的思慮……我覺得，再也沒有什麼事物，比它更加適合詮釋人間生活裡一種常態的平庸，以及無人惜視的哀感寂寞。只有偶爾經過一些失敗遺跡時，終於會多踟躕一眼：看見鐵門拉下，貼著一張紅色招租紙，或者當時滾沸的白鐵鍋爐，涼在一邊，上過當的我，雖然曾經可能很生氣，覺得這裡的雞是白死的雞，豬也是冤枉的豬，但最終如此一景，仍然會不知不覺「啊」一聲，半慌地想：裡面曾經努力過的誰，是否也被這挑剔的城市草草率率，嫌難吃又不得已地吃掉了呢。

宿命論者是怎樣煉成的

為圖經濟與方便，有一陣子（正是重大空難頻傳的那十年）我出國都選擇機尾開朵花的C航，朋友得知多半面色驚慌如小動物：「你不怕死嗎？」他們不明白這是宿命論，跟怕死與否無關。

我的童年裡死亡多而生命少。三歲是祖父，八歲外祖父，十一歲父親。心理醫生可以就這個題目發展出整套說法，但我只有一個心得：就像羅馬一樣，無可救藥的宿命論者也不是一天造成的。如果可以的話，我也好希望能相信「命運掌握在自己手上」，但面對莫名的剝奪、無常的戕傷，只有宿命論能拯救人們免於瘋狂。

而有時我會懷疑死亡與自裁如此禁忌的真正原因，其實是彼岸太好，為免爭先恐後，絕不能讓活人知道。這想法讓宿命論者維持住對人生的基本善意：必須是這樣，否則為什麼離去的親人們，多年總不到誰的睡眠裡略微探望？

算命

老話說「窮算命富燒香」。不過台灣人無論日子厚薄，都是也要求籤也要問卜，也要看風水也要看相的。不知是否因為長期處在一種前途未卜的浮島狀態，或好或歹，心都不定。我們孤懸海上，裡外無依；我們太多事情靠自己又有太多事情靠不了自己；我們算命。

年輕一點時我也很著迷術數之事，亂無章法地自學子平八字與斗數（當然技術拙劣。這十分講究秉賦與靈感，比任何技藝更須乞靈於天地）；聽見哪兒有不世出神準的「老師」必定召集眾人前去考察；

至今不吃牛肉，其實也是少年一次問命之後養成了習慣。這些命理師常在民宅裡，巷弄堆積曲折，樓梯埋伏陰影，在各種桌前（紅木書桌。白鐵辦公桌。茶几。麻將桌。飯桌。）我見過不可思議的燭照，也聽了不少胡說八道，傳統東方命理觀講究雍容平穩、正大中庸，它試著導引一個凡人如何在一群凡人裡過點不惹眼不招災的好日子，因此，算命便成為驗證主流社會與一個冒昧者（如我）相看多麼兩相厭的管道：「個性太強，這樣妨夫。」（那就妨吧）「命中有貴子，不生可惜了。」（那就可惜吧）「幾歲幾歲有正緣、幾歲幾歲有婚運。」（誰問你這個了？你不如告訴我幾歲會發財。）「沒什麼偏財運，好好工作吧。你適合當公務員。」

這大概是為何有一天我忽然就不算命了：年紀愈大脾氣愈差，總有一次要翻桌。當然，我仍盡力冒昧地活著，也仍然是宿命論者，堅持不相信「命運掌握在自己手上」。那是好命人的託詞，幸運者的不謙卑。有些人會說：「我很努力呀。」假裝沒看到那些其實更努力卻一無所有的人。如果命運真掌握在自己手上，世間為何總有怨憎會愛別離求不得，又為何總有那些你滴乾心血依舊奔逐無效的夢幻泡影。

古典傳遞至今的民間耳語裡，神而明之的算命師不免身命見虧。貧病，孤絕，無後，駝背，跛足，倒是絕少聽說瘖啞者——那就沒法兒說事了。眇目者最多。我們很願意相信被剝奪者能夠獲得冥冥餽贈，鑿開心眼，天機如一線游光洞透無明，照見眾人的條條盲路通往或者不通羅馬。這大約是大多數無傷者對不全之人最慈悲的想像，象徵性也非常直接：活著是條鬼打牆的夜路，而我們都是瞎的。

所以後來我猜，那些因畸零被視為靈機有信的預言者，或許只是因為真正吃過了苦，遭過了罪。他們知道受摧折是什麼，匍匐前進卻一潮還有一潮低的人生又是什麼。他們閃爍的微笑裡是對你與他自己的同時理解，或者狡猾地敷衍你那些他也曾苦苦盼望的預言。沒有人比他們更懂安身在俗世的困難與焦渴。而你進我退，討價還價，像一支浮躁的探戈，算命實是讓人心照不宣地把命運這樣廣漠的洪荒的字眼，解得油滑，說得俗濫，天機四伏的對話，也就是名聞利養；百魅叢生的術語，擺來擺去，總不脫什麼時候結婚，什麼時候生子，該不該換工作，該不該買房子。

被當代勵志套語視為無上珍貴的「啊！生命！」，就這樣世俗化、通俗化、庸俗化了。「子不語怪力亂神」，孰知今日，怪力亂神反倒為人除聖去魅，然後就有點難堪地懂了：明說或暗想，誰都多多少少覺得自己的命格出眾不同吧，可惜話到頭來，不俗不是人，在天地隨機擺弄的臉色面前，到底也沒有誰與誰真的不一樣。

舊路

國小畢業，母親堅持將我送入私立住宿中學。那是民國八十年，父親謝世一年有餘，母親結束專業主婦生涯，月薪一萬八千元。而我就讀的學校一年學費十萬。以是，周遭人等勸告家計沉重、太過吃力者有之；背後譏彈是打腫臉充胖子者亦有之。母親只說了一句：「你們都要給我爭氣。」

但我在那裡度過的第一個學期非常窩囊痛苦。當年沒有手機，母親亦不許我沒事打去她辦公室，能跟家裡通話時間只有晚自習下課。

學校公用電話僧多粥少，每節自習快結束時女孩們個個坐立難安、騰空離座（不能站起身，被宿舍組老師看到會扣分）、手心捏著電話卡（誰還記得這東西！），鈴聲一下——第一噹還沒響完，腳快者已破門而出衝到樓梯口；鐘聲結束，隊伍早就排得很長。

我記不得當時每個晚上都跟母親說些什麼，只記得常常講著就哭了，記得我邊哭邊問：「妳為什麼要送我來這裡？」母親說：「妳要學習獨立。」有時她看看時間，知道必是我來電，便故意不接；我與家裡通不上話，更是強迫症似地苦打不停，或是暴力響鈴持續一、兩分鐘，直到她生氣接起，與我吵架，或是把我掛掉，或是乾脆直接把話筒拿起。嘟嘟嘟的忙線聲，我氣急敗壞，一撥再撥。

所幸一個學期過去，包括我，那些每天跟我一起搶電話的老面孔也都漸漸習慣生活，一週頂多兩通，平平淡淡，報個平安，或者確認明天父母來接回家的時間。當然也不再提「我要轉回公立國中」的話了。是因為變獨立了嗎？其實我不知道。

「那時候每天晚上被妳電話打得煩都煩死了。」「我那時那麼小。」現在有時我們仍拿這事說笑。但我沒說的是母女之間許多事亦未必能夠真知。我至今認為大多數人不能全然體會當年的我發生什麼事。其實說起來，也沒發生什麼事，只是一個小孩常常需要確認至親沒有再一次在他無能為力的某個瞬間就此離去。這之於一個十一歲半的孩子實在難以說明。

又如同當時的禮拜一早晨，母親固定從家裡車我回學校，永遠走一條舊路，那是一條無人能開解的焦灼的路：這會不會是最後一次見到母親呢？

父親不就是這樣嗎。那天傍晚他說要出去應酬。深夜有人打來說出了點事，母親趕出門找小阿姨來我家看孩子。次日清早我背書包上學。第二節下課我打電話回家，小阿姨說，爸爸沒事，妳專心上課。

中午走進家門，他們都在客廳圍著母親。我已經忘記是誰跟我開口的了。

那天傍晚他說要出去應酬。我說你不要去嘛，我常常這樣向他「曉以大義」，但他那天不聽。我很不高興，自己坐在飯廳低頭吃悶飯，賭氣不送他出門，他在門口像往常每次那樣喊：「妞妞把拔出門囉！」我也沒有跟他說再見。

彼時狂亂的執念之源或許不全是柔脆戀家而已。

不過也二十多年了。是可以說「都過去了」的時候了。以前的我與母親，是中年人與青少年；現在，是成年人與成年人。舊路慢慢走平。如今唯一難以去心的是我到底未曾真正爭過什麼氣，直到今日，仍時時讓母親憂慮操心，陪我掉淚。我不是一個好孩子。

壞電話

春末開始我的iPhone變得時好時壞。不管發話或收話，接通時對方經常完全聽不見我聲音，守口如瓶，一點兒雜訊音渣沙沙響都不洩漏。我試過撥自己手機聽聽看，發現那聽覺的黑暗會讓手上電話忽然鬼拉手似地沉了一沉，像是正打給一枚陷溺流沙的化石，或土重金埋的鉛塊。同時誰也沒有將它起出來的意思。「喂？喂？……喂？……」對方不斷「喂喂」呼喚，有時一直叫我名字，叫得我六神無主，只好果斷把電話掛掉。至今從來也沒有掛過這麼多人的電話。

然後就得回頭賠罪找各種理由解釋啊手機短路了大概是天氣太熱了或者接觸不良或者根本是蘋果要逼人換新款 iPhone 吧……修了幾次，也沒修好，一時也不想換新，後來有些朋友非常聰明，打來就呱啦呱啦自顧自報上名說完要說的話後收線，留我在另一頭羞愧躁動，幾次下來，大家一致婉轉而不失教養地說快辦支新手機吧，言外之意是妳這樣是要逼死誰呢？到底怎麼是個了局呀。

當然是逼死我自己。單向的叩問，單向的拋擲，投桃難以報李，花鈿委地無人收，這頭總之不應；或者反過來看，不管顛來倒去怎麼說，那頭都不聽或不能聽。像苦戀，像祈禱，像陰陽兩隔，所有溝通困境的原型都在裡頭，法國人說離別如小死，我則是每接起一次這壞電話就進入一段註定無可善終的關係，誰都得不到說法，平空留下話頭，非常灰心。所以後來常讓電話兀自震動（我總是關著鈴聲），感覺像電影裡的謀殺，枕頭捂住嘴，嗚嗚悶聲亂踢亂扭，我則坐在那兒等它斷氣，按照來電顯示回撥，結果，通常也不是什麼大事。這又是過日子不免遭遇的被人生取笑的時候：大家急了半天，到底也不是什麼大事。也沒有了局。

其實我一向非常討厭打電話與接電話。我記得錢鍾書梁實秋都曾各別在作品裡表示過不苟同電話的意思，老派人認為它太粗疏，不體己；這時代的我的彆扭剛好相反，覺得與世人聲息相聞，實在太近。這大概是長期訓練著自己扮好孩子裝合群的反作用力：拜託，你以為天性裡那團黑洞真會放過你？所以我從不接家用電話，它響一百聲就讓它響一百聲，響一千聲就把線拔掉。最好所有事都透過簡訊或email說定。臉書也可以。而如果我對所謂成功人士有任何欣羨，唯一就是他們她們有祕書或助理幫忙應付電話。有次一個朋友抱怨她的下屬樣樣都好，就是十萬火急時還慢吞吞在那兒寫電子信，「她為什麼就不肯動手撥個電話，花三十秒把事情解決呢？」我說對啊，真不知是為什麼！可是我完全懂那躊躇，那一整天盯著話筒心裡絞不完的手帕或撞不完的牆；地獄有時就可以這麼小，這麼無稽。

手機恐怕就是長期被這怪異的腦波干擾而壞掉的吧。整個夏天它像半調子的陰陽眼，高興通就通，高興不通就不通，意思大概是：哪裡有那麼多了不得的關係要維持？哪裡又有那麼多了不得的熱鬧要關心？生而為人，你應當懂語言與溝通的假大空，你應當時時準備著孤獨，無人聽取你聲音。

忘以及種種

那是多年前的事了。有一天我忽然忘了自己家的電話號碼。全忘了。八個數字像八個放學的小孩統統跑出去放羊，一個也沒給我留在家裡寫功課。幾個小時過去才忽然醒覺過來。當時二十五、六歲吧，其實是件破碎到不能再破碎的日常落漆之事，卻正因如此，那瞬間反而清楚知覺到一種小規模的、「人定不勝天」的暴力感，彷彿伸懶腰時無意碰觸身旁通了弱電流的隱形鐵絲欄，知道從此過日子都要看頭看尾的了。

若確實是器質性不可逆的失憶，或許也就硬下心放棄。明知它們遲早要回來，反而不痛快不乾脆，愈不痛快不乾脆的事愈是誘人偏執。我心生威脅感，固執絕不問人或者查看手機，彷彿不靠自己記起來的話下半輩子必然完蛋。坐在辦公桌前一邊喝一杯茶一邊亂以他語，這時不能使絲毫力氣，羚羊掛角，別驚動羚羊，你追不上的，必須匍匐迂迴，不動聲色，在八個數字裂解出的整條恆河沙礫中等待唯一有效那一粒忽然流進手心。當時覺得這不過一時短路，但現在想想，有點感到那像是一場意外的降靈會，幾次忍不住在心裡硬動員的瞬間，腦中一再出現的竟是我離職許久第一份工作的公司代表號，這多像是抽到一張暗示人生有多累的下下籤……最怪異的是，我居然一直清清楚楚記住整個過程。

或許這就像珍惜的瓷器上擦出的第一道刮痕。然後一道，然後又一道，然後愈多愈密。原本照映萬事如鏡的光澤磨得濛濛的，漸老漸舊。近人自豪的生技醫美等等異術在此全無用場。

但一直以來我們保留或捨棄記憶的原則到底是什麼呢？至今也沒有一定說法。「忘」這看來微細的小事，其實是壓倒性的動詞，再偉岸的情感，再暴烈的事件，都可能也都可以成為它弱弱的小受；無論多麼有志氣的人也無法徹底控制自己的記得不記得或記錯。一般常認為文職的職業傷害無非在脊椎（長時久坐），腕隧道（不斷打字），眼睛（過度操勞），肝腎（憋尿與熬夜）……整組壞了了，但負傷最重的到底還是腦子。我從小丟三落四，背書考試也只是普普通通，不過課本以外的書報翻過了，大致都能不忘，哪個句子哪部情節在哪本書裡哪一頁也算提頭知尾；誰知二十幾歲後，一本小說讀五遍還像新的一樣（不知道該算賺了或蝕了……），特別近來我極困擾於腦力與精神的透支，不斷不斷忘記自己要說什麼，心裡永遠有事像流星閃過但也像流星一樣轉頭就斷線了（例如，寫這篇文章時，我起碼忘記兩到三件以上的材料與預備好的修辭）。以前聽說歲月終究要收網，無非半信半疑，但我們這批二十三十四十世代的過勞窮忙已成定局，恐怕大多衰弱得快。這幾年很多論述在談財富與社會正義如何遭到五鬼搬運，但我總覺得更致命的，是一整代青壯年人的精神餘裕與腦力，是如何無止無盡快速見底地被浪擲，被掏空，被賤用。多麼冤枉。

同樣道理，相較於記性不好，真正憂傷不可挽回者，其實是忽然發現享用各種情感奇觀的知覺受器，一路竟不知不覺被自己或他人捏壞得七七八八了。這不是勵志故事中的感嘆「我們不知何時遺忘了童心／初衷／純真⋯⋯」（那些事沒有遺不遺忘的問題，它若不在，就只是死去而已），而是接近柏格森（Henri Bergson）的說法。柏格森把記憶分成兩種，一種是機械的、斷裂於情境之外的事物；另一種是全景的、具有連續性的完整召喚（最好例子，就是《追憶似水年華》的瑪德蓮），他認為後者才是真正記憶。後者之損失也最令人痛惜悵惘。少年時我完全不能理解，有些已成一代宗師者為何會在中老年時忽然回頭，做出些極青春妖媚，纏綿抵死的創作？但這兩年我漸漸有點懂了，或許是太懷念那些洗滌精神的情感，那種從你甚至不知道身體有那麼深的深處所發出的震顫，但這就像反覆核對一張過期未領的中獎彩券，或是追捉那隻受驚的羚羊，起步之時其實也代表永必失落。

小說或電影或最普通的日常生活裡，許多場景以這些話開啟或結束：「我忘記了。」「他已經忘了。」「原來你都忘了。」大多時候，我們認為人際生活中沒有什麼比遺忘更堅心更決絕的表現了，完全塗掉關於特定對象及其相關細節，好像已經最狠，但仔細想想，它有時仍是大腦花了很大力氣硬喬出來的局面，未免還是太過煞有介事，就像你忘記一張臉的方式也並非把五官摘掉留下蛋殼般的空白面，而是像照片泡過水那樣漫漫糊掉。又好比髒東西落在心愛的衫上，若一刷再刷，滿身大汗，讓肥皂塊宛如人魚公主愈洗愈小最終在泡沫裡流盡，仍然有那麼一點點，就一點點，強迫症患者看了渾身起逆毛的殘痕堅持不去，最後生氣地將不稀釋的去漬劑或漂白水整勻倒上，那麼，克服汙跡的同時顏色也斑斑褪去，被遺忘刷落的半片淡白，其實更加罣礙，像特意騰出一個位置在那兒給誰，還是有些綢繆。

所以在算是稍稍經歷過人與事與物的現在，偶爾也會有這類時候：以固定方式進行生活，路線上有愈來愈多舊時堆積，日久年長一直都在角落，沒有閒工夫處理，某一天忽然注意到，起了好奇心，「咦，這是什麼？」蹲下身，一邊翻揀一邊想，啊，是這個啊，原來都還在這啊。但沒丟掉也無關其他，只是懶於針對此事勞動，所以，它要在那裡風乾也可以，化泥也可以，昇華也可以；它若維持原狀，也沒什麼不行。

那時，我就忽然明白了：比遺忘更狠更乾淨的，其實恰恰相反，正是不忘。

而比不忘又更狠更乾淨的，叫做不懷念。

——輯二　（也不）恆常的場所

自己的浴室

在外租屋的那陣子，我住過一間合租公寓，其中一對室友是研究生情侶檔，幾年相處還算融洽，唯一困擾是共用浴廁太破舊，而情侶檔裡那整齊溫順的男孩，常像青少年似地弄髒馬桶周遭。我每進浴室，便強迫症發作扭出大量熱水沖洗地板，並且會在一間好餐廳的化妝室裡，忽然理解了商業空間是如何做為物質文明的先遣與表白；也忽然完全明白《孽子》裡清秀的吳敏為什麼對阿青說：「張先生這個家真舒服，我一輩子待在這裡，也是願的。你不知道，張先生家那間浴室有多棒。」

今日浴室的微妙處在於它以一種隱祕的方式表現生活餘裕。拜抽水馬桶、自來水管線與現代化之賜，漫長歷史之後浴廁合一，並終於和蘋果或雞蛋一樣全面下放，進入人類家常空間，我們已非常習慣清潔的身體帶來的基本尊嚴，極少想起它的貴族體質；但若說起「日子過得到底滋不滋潤」，那一條線又仍然畫在浴室的門檻上——浴室洗手水槽的英文就叫做「vanity」（虛華）。好比你為飯店房間評分，至少有四成得打給浴室吧；而在中產階級家庭的三房兩廳裡，將金錢時間與空間投放於半隱私半羞恥半享樂的浴室（及相關行為）上，便是「花費」的第一步。例如一女人，若想將浮華色相進行到底，關鍵必然不在她外面如何地進廠維修最小細節、如何桃紅又如何柳綠，而在於她懂不懂穿一套質料得當，稱身適色的內衣。

我非常喜歡日本作家高橋源一郎的短篇小說集《性交與戀愛的幾

則故事》，在裡面的同名中篇他寫了一個不得女人緣的青年男子「木村朔哉」（這名字真是惡意啊），無業，靠鄉下老家寄錢接濟他的東京生活，手頭當然很緊，但無論如何，他要租帶有淋浴間的房間，因為「沒有女孩想在沒有淋浴間的地方過夜」。這橋段的困窘正好增一分太多減一分太少地捏出浴室一種玲瓏浮凸、關於「更好的人生更好的我」之想像，但轉過身來卻是一個司空見慣的小型悲劇場景：想也知道，沒有女孩子去過夜的原因當然不在淋浴間……人生考試之所以不及格，大半都從畫錯重點開始。

曾有朋友告訴我他們家裡從不使用浴缸泡澡，「因為太浪費水和瓦斯。」我不是不懂，只好答：也對啦，畢竟未來恐怕是為水資源引發戰爭的時代了……又聽過以剬房包租為業者說，房間小一點、沒有對外窗，都沒關係，但租給女學生或ＯＬ，那浴室一定要新穎才討喜。眾人都熟知吳爾芙的名言：「女人若想寫作，必須有錢，以及自己的房間。」但後來我想，女人無論寫不寫作，大概都最好能有自己的浴室吧。要有燙破皮膚的熱水也要有潄在口裡牙根酸軟的冷水，有夾纏在排水口妳自己的髮絲，有一面如實的鏡與鏡中人，有各色香味用品，有粉，有燈，有蒸騰，有澡盆。富裕點的或許還有落地玻璃窗，大理石浴缸，獨立化妝小間，但不論如何妳一進去就可以拿背抵住世界千軍萬馬；一出來，乾淨了，徹底了，抖擻了，底定了，又能繼續決斷殺伐直面戰陣。唐明皇賜浴華清池絕不只是一個單純的愛情故事。

後來我再沒住過浴室那樣糟糕的房子。可是我又發現，再優容再舒適，在裡面消磨的時間，其實也就如此而已。它存在那兒只是個「你可以（或者有能力）過某種日子」的暗示與自我安撫，說起來，或許不比「木村朔哉」高明到哪裡去。而我現在對浴室唯一更多憧憬，是希望有天能在淋浴間與浴缸前裝上連線的電視或觸控電腦，這樣洗澡時我就不用中斷原先的閱讀、電影或工作……如此念頭，想到時，覺得很有道理，但現在這樣寫下來，才忽然發現：活到這樣，好像有點完蛋。

在這裡

這裡是等人，這裡是不等人。這裡是在了，這裡是不在了。這裡有時走不開，這裡有時回不來。這裡口音變亂，銀河震盪，負著天，貼著地，機關重重，人身微細。我喜歡這裡。

廣告常想像這裡不是悲就是歡，不是離就是合，不是開始就是結束；愛情電影回心轉意都追到這裡，動作電影千鈞一髮要突破這裡，藝術電影拉一幕五分鐘灰色遠景也是這裡，但我感到，大多時刻，這裡其實什麼都沒法兒是。雖然也能吃也能喝，也能洗澡，也能睡一覺做個無稽的夢，也有祈禱室，有時甚至放座大佛，可是含著一口氣在這裡總是差那一步不能全鬆下來；有的裝置許多美麗的店，有的擺上一整排叮叮咚咚遊戲機，且多多少少為你準備些醇酒胭脂菸捲巧克力糖。想想那些甜，那些癮，那些香氣，以及它們被赦免的進口稅。

但我正喜歡它的「什麼都沒法兒是」。喜歡它空中的懸念，喜歡它地表的未完成，十方來十方去，我喜歡它絲絲不入扣，與各處發生關係卻與任何地方沒有關係。我喜歡它光是存在就貌似指引眾人更好更遠更高的方向，（若以我們島國都會式的廣告文案說法，大約是「給自己一個離開的機會」），卻從不需為此負責。它像一個見神說廟見鬼說墳的算命仙：「姻緣當走東南，花開滿枝。事業必求西北，金馬玉堂。」莫測高深的人生轉機，五里霧中的飛黃騰達，就算終究是空，我們仍無怨言。我們有時只是非常需要誰來輕言承諾幾句好話。行李轉盤上輪迴的都是那些一般不會成真的好話。

擁擠時這裡是小喇叭噴薄而出催高一串音符，空曠時這裡像顆玻璃月球，在每人臉上投下一紙透明陰影。這裡迎來只能站在一道門口，送往只能送到一條線外，它製造簡單人生橋段與簡單戲劇性，但結果總是結在別的枝上；就像不管多好，不管有多好，沒有誰想留在這裡，所有人都有另外一個地方要去。或因如此，這裡人們很少真正顯得特別快樂或不快樂，大多是搖搖晃晃的，恆溫，手推車，打亮光蠟的地板，紙表格，暗門密道進出一閃而過的巡邏者，禁止與許可，延遲與準時，全面被時間感填滿的空間，想辦法花掉手上最後一點小錢——除非是畸零錯過或者包藏禍心，否則，這裡通常什麼都留不下。

不過我最喜歡的，還是一個朋友故事：十多年前暑假，他往北美探親旅遊，回程機位超賣，於是被升等搭乘商務艙。與絲絨一般生活方式的初對面。「照理應該要記得飛行過程很舒服吧？但我不記得。

我只記得在爆滿的候機室裡，和少數人優先登機時其他旅客的眼光。那時我完全理解有人為了這眼光可以不擇手段。不過，至今仍對這感受印象深刻，很令人羞愧……」

「沒那麼嚴重吧。反正『萬一』是不分階級的，如果當時真有三長兩短，」我說，「不管你在這個艙那個艙，都是一樣要去那裡的。」

「也對。」他點點頭。不過我們隨即意識：在這裡講那裡，好像有點不吉，便自然停止了交談。大面玻璃窗外，許多人正趕來這裡，許多人正離開這裡，我閉眼假寐，距離我們等待的轉機出現，還有四個半小時。

旅館的房間

據說你要先敲敲門，據說進門時要側過身；據說一進去要把燈都打開一次，據說鞋子要顛倒放以免有什麼跟來了……即使像這樣，什麼古古怪怪的動作都做足，在旅館的房間，我還是沒辦法睡。

三谷幸喜自編自導的電影《鬼壓床了沒》裡有這樣一段：蒙了生死大冤困在旅館的鬼武士，問現代的女律師：「目前法院使用陪審團制嗎？」「咦？你對現代的事知道很多嘛！」「嗯，」鬼武士點點頭，「旅館客人晚上睡覺時，常常會很害怕地把電視開一整個晚上……因此，我從看電視中學到了不少東西。」

「啊！」戲院裡大家笑了。我有點兒激動想要抓住他：「我知道你在說什麼！我知道。」

一個人出差住在飯店我往往亮著所有燈，電視開著徹夜嘰嘰咕咕報新聞（不可轉電影台。我曾有半夜醒來一抬頭發現在放恐怖片的經驗），真正睡不好的原因根本不是房間到底有什麼問題而是被光線與聲音攪得神經兮兮。有問題的一向是我自己。

且地方再好再奢華都一樣，甚至愈好愈奢華愈可怕。莫忘《鬼店》裡血濺何止五十步的度假山莊也十分高級。你在路上（自願或不自願的），你正前往一個方向（誰知此後有沒有回頭路），你暫時必須在一個地方歇下，不是誰的，不是任何人的，它總是清白徹底的樣子，什麼事都沒發生的樣子，沒有皺摺的白被單，沒有水滴的浴室，沒有痕的杯，沒有灰的鏡，可是你怎麼知道是不是有誰前一夜在這裡苦了或樂了，是不是有誰在這裡失去信念，或是誤解世界，或是遭到傷害。即使只是好好睡了一覺，太陽出來他就走，夜裡總有點夢，也多少要落下一鱗半爪。

這裡留過再多人，也都是沒有人。既公共又私人的空間造成一種異質空氣，令人感覺陰陽魔界四面埋伏，所以這真是矛盾啊，明明我那樣地討厭與人接觸，可是當我一個人在路上，夜晚若聽見隔壁微微有動靜，走動，看電視，打開衣櫥，關上衣櫥，我便可以好睡一點，感到拯救。人往往都是在小事裡被拯救的。我絕不會投訴「你們隔音太差」。

但我討厭客房外的長廊，儘管總是燈光柔軟走在地毯如踩小雲，可是那曲折與一扇一扇的門令人心情不穩；我討厭對正了床鋪的鏡子：不斷看見自己的感覺不好，若真看見別人那更加不好。我討厭兩邊不靠的大床，使我沒有辦法拿背抵住牆，蜷縮著對抗這房間，這個我被憑空拋擲進來像鬼附上陌生身體的房間。我只喜歡清潔女傭在誰也看不見的時候，推著車喀拉喀拉輕手輕腳經過了，停下了，幾乎總是只看見她們那裝滿毛巾與備品如一間小壇城的車子，全是富饒的幻覺。有一次我必須走很長一段廊道才能搭上電梯，一路跟在一個高大灰髮西洋男子身後，是飯店的管家吧，著燕尾服白手套黑皮鞋，然後，經過電梯口，他走進了旁邊的牆裡。

我還沒有意會過來，未幾他又推牆而出。啊。那是老式歐洲旅館沿襲貴族宅邸的做法：牆面上藏著天衣無縫的小門，專供僕傭在大宅裡如幽靈移動——貴人們大概是不喜歡看到服侍人成天在眼前擾嚷奔走的。我們四目相對，愣了一下，畢竟那門的開關也就是尊嚴的切換時間。但一秒鐘，他馬上頷首微笑為禮，我也點點頭，笑一下，他輕輕又退回那牆裡，電梯門開，我有點恍惚地走進去。

那時少女宿舍

那時住在宿舍裡是一群十二歲以上十八歲未滿的女孩子們。這在B級殺人電影裡是一種樣子，在鬼故事裡是一種樣子，在《簡愛》的羅伍德（Lowood）寄宿學校是一種樣子；當然，在猥褻者們眨巴眨巴瑣瑣碎碎的心眼子裡，又是另一種樣子。

但其實只是清晨六點半早餐晚上十一點熄燈，灰色洗石子建築背著小坡面對整排樾樹，溼氣重，八個人一間房，鋼床架上覆一片輕木板，輕木板上鋪一式一樣的枕頭與薄墊被，每日須以鐵絲衣架把那床鋪推得一點表情都沒有，神愛世人，神愛女孩們，女孩們不可皺著臉。三夾板衣櫃裡掛著一週換洗的制服運動服，抽屜裡放的無非是些麥片奶粉維他命感冒藥，日記本，花花樣樣信紙卡片小紙條，那時沒有手機iPad筆電與部落格，外校的男孩子或好朋友寫信寄來，藏在課本底下慢慢地回，慢慢地等對方回。哎那時十三四歲的那時，誰若收到哪個高中男生的來信還真是件大事。

那時還有髮禁。女學生們節省內務與盥洗時間，常把頭髮理得短短的，回到宿舍就衣不蔽體抱著臉盆漱口杯各寢室裡串來串去，長短各異的肢體，長短各異的心事，想起來真奇怪啊，倒是完全沒有曲曲折折的性的召喚與羞恥，簡直就是一園子只生著雌蕊的花懵懵地開著；恩恩怨怨也像當年那些高中男生一樣，想想，也不過如此而已。當然日子裡不缺乏少女的殘酷，但和龐大的集體生活比起來，那真是些小把戲。集體生活。在正要長成的那時，也不知算好或壞，我猜我長大變成一個夢想老後在獨居公寓裡死去給貓吃掉也無所謂的人，大概和那幾年又乖又聽話的宿舍生活脫不了關係。

勢利的女訓導主任是有的，不善良的女舍監也是有的。少女與中年女子的關係，若非母女，那筆帳真是算不清。不能聽隨身聽（這東西在二〇一三年也停產了）。不能吃零食。五〇年代美國郊區清教徒式的德容言工，女孩們，妳應克己，妳應節制，欲望存在的唯一意義就是讓妳體會不滿足。但學校的創辦人又是夙有豪奢之名的一代大夫人。有些女孩愛抱怨這是監獄，是集中營，是尼姑庵是修道院，要說服自己與世界她是不可被管束的，她有那麼自由的靈魂，多年過去，那些最愛抱怨的，最活躍的，最出風頭的女孩們，都成了最主流最規矩最保守的中產階級婦女。成了她們當年頂撞的訓導主任與舍監。

最後，一個學期過去，寒暑假又到了。在此之前，早就得陸陸續續每個禮拜帶點兒針頭線腦的零碎回家，但到了離校日當天，仍然愁眉苦臉發現，行李怎麼還是那樣多那樣重？通往宿舍的長坡道上，許多中年男子馱著棉被扛了睡袋左手右手大包小包牛馬走，接他們的孩子回家放假，五分溫馨，五分可笑；而日後，我在獨居的日子裡，學會將自己盡量地減少，盡量地降低，恐怕也是那時少女宿舍裡學會的：總有一天，包袱妳要自己扛了。

夜市男孩女孩

台灣的夜市，像老太太有個三歲五歲的小孫子，太久不見會想；見到了，沒多久便覺得鬧覺得累覺得有點兒煩。可是如果外國人嫌他髒嫌他吵嫌他沒家教，心裡又很生氣。

因此相較於楚楚衣冠，空中樓閣，燈光美氣氛佳呵呵哈哈你今天很美謝謝我吃不下了這些文明廢話假試探，我總認為夜市才是認真約會的好地方。它脫略，混亂，滿頭大汗，五感強烈，誰都沒在客氣，失去風度與耐心，它袒露出人類生活中不可能避開的那些刮人與破綻，起毛與直白。妳要邊走邊吃一嘴油，你要時時幫對方注意腳下不要踩進髒水，你們要不太過分地接近彼此身體以防走失。如果能一起通過一條夜市甚至好幾條夜市，在交換了彼此對流浪狗、算命攤、夾腳拖、乞討者、廉價小物以及色情光碟的意見後，仍然安之若素，沒有不堪，那我想你們很適合在一起。

例如某個星期天晚上將近十點，我一路晃到台北臨江夜市的最尾端，煙火與燈火到這已是天人五衰，剩下幾間飲料店，幾攤鹽酥雞，三三兩兩青少年。有一對男孩女孩，十五六歲吧，併肩坐在一間打烊的不知甚麼店門口墊起來的白鐵板上，那鐵板極低，男孩伸長腿，女孩抱著膝，如此一來屁股幾乎貼在柏油路面上，你知道夜市路邊總那麼髒，我有點心疼，何必待在這兒？這城市或許沒別的好，但從不缺少一個給男孩女孩靠著說話的轉角；一會兒又想，也罷，也只有這麼青春，才這麼強，才抵抗得住汙水、垃圾與蟑螂。像我這樣的成年人，其實很弱的。

走近點才發現，女孩把臉埋在膝彎，髮絲披散下來遮住身體，蓬鬆如貓黑如夜（我心裡又急了：別落在地上可以嗎？這麼好的頭髮）。男孩是很普通的男孩，不俊俏，澀澀的，倒是乾淨相，他慢條斯理把一張面紙摺成四四方方，遞給女孩。

可能是大事，當然也可能是無稽的小事。總之女孩大概是一步，再多一步，都已經走不下去，才會在這裡坐下來吧。她自然是不想讓路人發現哭泣的臉，他倒是不卑不亢揚著頭，不怕誰看。

我靜悄悄經過兩人旁邊，男孩開始對她說話，聲音聽不見。只知不是辯解，不是喧譁，不是說服，不是求告也不是哄慰。他眼睛細長，定定望向他方，說話打著手勢，沒有要拉她離開的樣子，沒有要安撫她的樣子，好像已經打定主意紮營造飯總之要地久天長去分析一顆她眼裡的沙子，或開導一塊她手心的瘀血。

這也是青春。連時間都不得不站在他們那一邊。

女孩腳邊甩倒一只裝滿了水鼓脹的透明塑膠袋，裡面游著小金魚，黑色紅色黃色……兩人應該也有個開心的上半夜吧，簡直是日本電影似的。我就從來不知道這夜市裡哪兒有撈金魚的攤子。

但他們當然不可能在那裡坐一輩子，遲早要解散的，像夜市。我拐個彎，從暗巷裡轉出去，心裡一直想著他們到時候千萬要記得拎走那袋金魚啊。夜市裡被撈起的金魚，真是命運最徬徨最發慌的生物了，因此無論如何，還是希望牠們與他們，彼此相陪一段。

花市

台北有幾處甚具規模的批發花市，裡面四季如春。據說這兩年訝於台北市區建築陳舊之觀光客所在多有，但不知為何，我聽了，並不介意，心裡只想這城市果然像一名衣衫不甚光鮮但頭面到底乾淨的中年人，可能起不了高樓了，可能宴不上賓客了，但不管多累，不管他在地球上轉得有多累，仍永遠安靜環抱著幾大捧新花。為此，便足夠使人顧惜不相忘。

曾經我在其中一座花市附近工作，據稱那辦公大樓樹立時，裡裡外外鑿空了整座大理石礦藏，花市位於它側面的大塊千坪空地上，搭著簡便棚架，低矮，小貨卡與搬運工進進出出，原本只是在正式建築落成前暫用，誰知道一暫就暫了十多年（這也是很台灣的）。那時搭計程車去公司，總有幾次司機隨口誤會：「你在花市上班喔？」我總禮貌回答不是，但就在那旁邊。「啊，某某大樓。」我喜歡這個朝開暮謝花朵在人心裡勝過海枯不爛大理石的概念。

倒是在花市買花，其實雅不起來——如果你心目中的「雅」是那麼一回事的話。大型集市總是亂哄哄，但只有在這花市裡，就算擠，就算嘈雜，後背貼著陌生人前胸，左右都是挑三揀四架拐子開路的歐巴桑，我還能耐著性子不起殺心。這兒又是陽春煙景，大塊文章，每束花都紮成兩歲小童尺寸，買三五種花材就像老媽子一樣懷裡抱一個手裡拖兩個了，但奇怪，因為是花，怎麼看也不狼狽。花底確實有庇蔭。

就可惜什麼植物一經過我的手，都謝得快，別人說好種的這個那個，總養不活。若有人是綠手指，那我一定是黑手指。有時疑心自己是否指端帶毒……因此家常閱讀時，特別服氣又留心那些嫻熟草木的寫作者，例如劉克襄的菜，王盛弘的花，而且，兩位先生都是男子……一時覺得自己實在應當羞愧，但一時又覺得這拆解性別印象之路走到此地也滿好的。我在花市和在菜市裡一樣低能，「嗯……請給我一把那個綠綠的……」這傻句子在兩種地方都很好用。或許在花市更低能一點。我知道玫瑰、蘭花、百合、桔梗與菊，但每種玫瑰、蘭花、百合與桔梗，又另有自己隱祕盛開的名字……那一落落鋪滿地面的鮮嫩錦繡一如天女披散五銖衣在地，色與香與微妙光華，凡人目迷，不能指認。文字無法盡說盡寫之事，花是其一，所謂不可方物，使我常痛切感覺做為一個寫的人多麼無力，於是只好拍一張照片上傳到臉書。

花市在年前甚至一路九十六個小時不打烊，一盆盆水仙，一束束粉桃，大把大把的貓柳，直路直開到除夕下午，門前車如流水都是一種對生活仍然有愛的盼望——不管我們在地球上轉得有多累，還是要在眼底布置著花。即使它們慢慢都要謝，而這新年到最後又證明了自己還是舊的一年，也沒關係。我總記得香港古惑仔系列電影裡有這樣一段：鄭伊健與舒淇初識，在除夕夜裡團圓飯後一起逛香港的年宵花市，她抱著一大束是劍蘭嗎？我不記得，然後兩人吻了。雖然日後誰的故事都凋萎，可是總有一個瞬間，他們與世界與那個吻，像花，十分輕盈，又十分新。

KTV老了

怎麼回事呢？有一天，KTV就不對勁了。雖然水晶吊燈還是水晶吊燈，大理石地板也還是大理石地板，週末夜門口仍然排著女孩們長長的腿與長長的隊。一樣的熱奶茶澎大海，一樣的鬼故事（那個走進包廂廁所就消失的服務生，至今還沒出來），一樣的黑石桌面隱隱有晶光折射，像一樣的月光一樣地從新店溪照到濁水溪照到卑南溪。但就是不對勁了，脫妝了，落漆了。如打扮精美女孩穿著細高跟鞋，盡力終夜，最後靠在包廂裡的皮沙發一角睡著，假睫毛鬆脫一半，她的臉一樣漂亮，但因為非常疲倦，看上去，開始要老了。

不都這樣嗎，日子不都是在一模一樣裡偷偷變得不一樣嗎。

KTV也忽然就老了。或許是景氣衰微，或許華語流行音樂久久不振的拖累，有時甚至怪罪唱片公司小氣巴拉不肯釋出版權伴唱帶，都對，但我想，那麼多人那麼多日子，在那麼多大大小小的密室裡，或者有心或者無意，一口一聲挖出自己心果裡擰了多久的汁，或無處栽下無處發芽的籽，這個賣歡樂賣派對賣痛快的地方，其實一路要吞吐多少潮溼牽絲的愛慾怨惱與激high，它能不老嗎？

但我仍記得最富麗最淫佚最妖異，全體上下亂綻眩光的KTV十年，那時我們還是學生還是剛進社會的菜鳥，每個禮拜約好挑最便宜的週末早上猛唱四小時，可能心機算盡插歌搶麥，可能暗潮洶湧男女座位整晚大風吹，可能大笑大樂，不可能想像有一天要懶懶地說：「現在的歌，我都不會唱了。」怎麼可能有一天會失敗成這樣？在黑裡在燈下，我看見一個女孩為一句歌詞唱出淚，又為另一句歌詞哭中帶笑；聽著一對情侶嘻嘻哈哈專點傷心的對唱曲。十年過去，據說那女孩不哭也不再笑。情侶各婚各娶。

我們現在很少很少去KTV了，去了多半是吃喝。我們已經叫得起酒，我們已經不計較入場時間與最低消費，我們想吃什麼就點什麼流水席讓服務生送進來，但痛的愛的或high的，也只剩下了那些歌。像是偶爾見一面還能當朋友的過去戀人，那個不再穿細高跟鞋的女孩，已經結婚，已經生子，有點法令紋，目光接觸時已無緊俏張力，想起來，兩人竟沒有什麼特別懷念，但也正因沒有懷念，才能心無罣礙相對坐，說一些老舊緩慢有情的事。

例如張學友好久不唱情歌。例如徐懷鈺就此壞掉。彭羚的〈囚鳥〉居然還在排行榜上。世紀初的陶喆與周杰倫。世紀末的伍佰江蕙張惠妹。天啊你記得利綺〈愛太遠〉嗎，天啊你記得剛澤斌〈妳在他鄉〉嗎，天啊他們都在幹嘛都去哪了。楊宗緯橫空出世又半途折翅，現在想起來已像天寶遺事。喔說到天寶遺事，要趕快點一首〈一代女皇武則天〉還有〈楚留香〉。K歌之王，下一站天后，李宗盛的〈凡人歌〉，奔波，苦，雜念，同林鳥，分飛燕，當時覺得真是俗氣逼人，但今日再聽，不知為何，竟然一字一音，彷彿在心上都有來歷，或許是終於到理解的時候，也或許只是和KTV一樣，俗了，老了。

電影院裡

說起來我很少進電影院。查時間表，吃爆米花，新片預告，對號入座，排隊買票，一切都太「多」了。有很長一段時間覺得不管什麼目的只要特別去電影院就令人疲倦，我總是更願意回到家裡躺在沙發上摘掉隱形眼鏡，放一片碟（雖然有些電影好比《教父》，若在電腦上看完全是褻瀆）。就像我經常需要一種枯山滅水無染的安靜，因而幾乎不聽任何音樂一樣。兩下相加，從此使我成為一個文青失格了無意趣的人。

但我想「電影院」和「看電影」一直都是兩件不一定有關的事。陌生的觀眾們，魚貫而入密閉空間，在黑暗裡仰頭看望巨大哭笑，集體，儀式性，社交的暗示，各種情緒共同發動的時間點——例如先前去看伍迪艾倫到處埋耍文藝梗的《午夜巴黎》，觀眾們像找彩蛋一樣競相搶先發笑的盛況。或許沒有什麼不好，但與陌生人們一起，在暗中遭到拋擲，被一個故事張開網羅接住，進入同步如keroro軍曹共鳴的情緒力場，不小心在畫面裡一個最小細節裡泄漏心裡掩埋太久的輻射廢水，即使不動聲色，即使無人熟視你表情……總是令我焦躁，沒有安全感，難道情感的震動不該是種最需獨占的事業嗎？有時也經常想，若我是螢幕裡的人，一回頭，看見自己臉上迴光螢螢返照在一群陌生人定格的咧齒或淚跡或張口結舌上，那是什麼感覺呢。

大概也只能笑罵由人，祈禱這部電影最終喜劇收場了。我唯一能想像自己在電影院寧靜下來的場景，是空蕩蕩的二輪戲院，獨自就一個人，坐在最中間位置，無人知曉，綿密潮溼，如糕點布朗尼的黑暗，我一面化成上頭一球將融未融的香草冰淇淋，一面又有一點點兒恐懼如綑仙索，勉強縛住現實……如果你看過講電影院的香港鬼片《陰陽路之陀地位》就知道我在說什麼。

或許永遠只有剛開始約會的人們會衷心喜愛電影院。影評人但唐謨有本書叫做《約會不看恐怖電影不酷》，這書名讓我恍然大悟，電影院永不衰退並非因為它的大銀幕或聲光效果，卻是因為它是這樣一個難得的、讓身體親切得很，心理上卻又遠得很安全得很的地方。不交談，藉故事裡的假意去說一些真心，上臂若有似無貼著，膝蓋可能偶爾相觸，有誰問了一句：「會冷嗎？」散場時有誰輕輕摸了一下對方的頭髮。

我想起有一次跟當時約會對象去看一部很冷門的韓國片，週末的午夜時間，電影院裡區區七人，包括是三對結伴的男女，加上一個坐在角落的前老年歐吉桑。四個男人們分別是頭髮快掉光了、掉到一半、還沒掉，以及後面留長兩側推光的不知什麼潮頭。三個女人們是我，還有一個上半身顏色灰灰淡淡，素顏黑框眼鏡，下半身倒穿一條極短熱褲的年輕大學生樣女孩。然後是一個貌似收山名花的大姊，胖了，穿黑色的紗質與蕾絲料子，現在管著一或兩個檳榔攤或小卡拉OK。

那一天我走出來是午夜，下著雨。眾人相聚一刻，被風吹過又各自星散開去。

人生大概有一半就在這六排座的小廳裡了。

餐桌阿修羅

在某一類端正的餐廳裡我總在東張西望。衣冠與飲食，餐巾與刀叉，看著是天衣無縫，其實多矛盾啊。畢竟沒有什麼比畫皮著衣這件事更遮掩心腸，但又沒有比什麼張嘴露舌這件事更暴露底細了。也或許這是為什麼大家需要餐桌禮儀：我們切割，我們嚼撕，我們避開特定話題，我們各種滋味有偏愛。有時真的可以非常粗疏，非常快樂；有時就單純是口中出利齒，腹內冒強酸，然後把萬物吞下去。

例如三點鐘方向那一群親戚聚會，每個都捏著手機玩Candy

Crush。四點鐘那一桌也是。據說這遊戲全球玩家累積總時數已經超過十萬年。許多人抱怨現代人在真實人生裡也只願盯著手機，我不以為然：任何可以讓我迴避無意義眼神接觸與辭令的東西，都是好東西。想想在這一切發明之前我們度過了多少百無聊賴的社交時分，我不相信你真心認為那都有意義。你或許會問既然如此幹嘛一起出來吃飯？那也沒什麼，反正大家都要吃飯。

十點鐘方向是西裝套裝都皺了的上班族。一些大的抱怨與小的反抗；一些小的吃喝與大的算計。一些反覆。一些困局。一些何必。

十二點鐘方向那顯然是一對剛開始約會的男女，樣子都很整齊，你完全可以想像女方是外商銀行的人事專員而男方大約是放洋回來的分析師，彼此眉眼尚在偶進偶退，尚未說定，因此有講不完的話，甚至討論起了瑜伽……他們吃得很慢，偶爾為對方布菜，隨便講什麼都有對方接著笑下去。奇異的是他們看起來都真心覺得那些事值得笑。

這讓我想起一個有趣的都市傳說，是一個男人與他當時穩定交往女友的小故事：很長一段時間，他們一個禮拜約有兩三天會在女孩家裡晚飯。女孩與家人同住，餐桌上總有當日新鮮的熱的家常菜，偶爾興致好，大家也飲一些酒，飯後喝茶，吃點切好的水果或甜點，她再送他下樓回家。

直到一陣子之後，那女孩才赫然發現，男人酒足飯飽，鼓腹離開，回到自己家後，便打開冰箱偷吃不知留在那兒多久的一碟剩菜……你知道這當然不是字義上的「偷吃」或「剩菜」而已。當然，兩人的飯從此再也吃不下去了。她說：「我想他消化能力這麼好，或許比較適合吃剩菜。」

「吃飽了嗎？」桌子對面的人忽然一問。我回過頭來，笑一笑。「很飽。」

這個人尚年輕，進食時模樣文雅富教養，讓人直覺他還沒有被人心裡的髒弄得太髒，還沒有像一條老狗一樣學不會控制自己也再也不去控制自己。當然，仍有一點人間的小小心計吧，如果全然沒有，又未免太乏味了，但終究還來不及敗壞。也因此我非常想問問這張還很陌生的面孔：你想過現在面前這個正帶妝微笑的人恐怕是屢業屢犯、罪投人身的阿修羅男子嗎？你可明白那些易怒，善戰，嗔恨，鬥爭，驕慢的苦與美？但我懷疑他根本沒有聽過經驗過什麼叫做修羅場。他真好運。

所以我當然也只好繼續微笑。「去哪裡散散步嗎。」對方說。我點點頭。心裡想著天哪，若有另外一個我坐在旁邊，必定有一千萬句口中吐火的各色譏笑吧，但可怕的是，那若是別人，逃開就好，若是自己，你要去哪裡？

就只好遮住頭上快要冒出來的角和手裡的爪子，去散步了。

公主快餐店

巷子裡的快餐店好多年了，在這方圓一帶名氣很大。其中一個原因是它實在又好又乾淨，炸排骨，香酥雞腿，蒜泥白肉，番茄炒蛋，炒高麗菜，無一不家常，無一不出色生香，連一碗米飯都煮得像一捧攢珠。只要這小店裝在餐盤中便當裡遞過來的，即使是十分討厭的A菜我也吃了，即使是最嫌無聊的豆皮我也吃了，即使是捏著鼻子的芹菜，我也吃了。

乖乖的不只是我。用餐時間，裡外都是人，想包幾個便當起碼要等四十分鐘，而客人們一排一排，雨天麻雀一般縮住翅膀，站多久都不敢吱叫；一個戴眼鏡的胖太太想加點一份梅乾扣肉（這可不是每天都有的），句式洋溢了「請、麻煩、可不可以」，彷彿伏在階下叩請聖裁。

這是快餐店有名的另一個原因：它有個小公主似的女掌櫃。

雖然見過不少以「有個性」為標榜的營業人，但比這位女掌櫃的神情更冰而性格更火的好像還沒有。據說她是這家庭式小館的媳婦，一忙起來，對內對外說話都是生毛帶角，要多嚥兩下口水才吞得下去。女掌櫃管著點餐收銀包便當，看得出年輕時非常秀麗，其實現在也不老，最多四十出頭，也還是美，瘦不見骨，清水素顏，白皙修長，除了不笑，方方面面都十分符合典型的台灣好媳婦審美觀；又是七竅玲瓏，誰先來誰後到誰加滷蛋誰免辣椒，眼也不抬都是一把帳滴溜溜在掌心不用算。所以我想，生得好，腦筋也好，脾氣壞一點就罷了，要是性子也好，這女孩子恐怕就命苦了。

茶水油湯的世俗營生裡常遇見這類「年輕應該很美貌」而今猶有風韻的大姊們。例如小酒館，咖啡店，麵攤子。如此的女老闆，有些對待同性客人不太上心，也不是怠慢，但就是懶得費力氣樣子，空空的，那是半輩子的老習慣：在從前，大概毋需敷衍同性吧（或許同性也不受她敷衍），誰知人生中途半端，轉來做起小生意，什麼手腕都學齊了，就是這一點卡在心窩改不徹底。但我偏覺得這樣很好：她們不注意我的時候，就是我留心她們身邊絲縷的白駒過隙，一個聽似沒有意義的狀聲詞，一個看似沒有意義的手勢，眼色一動手勢一換，處處機關九連環。都說男人愛看女人，其實最愛看女人的還是女人。

所以當然也有人形容這快餐店女掌櫃是重男輕女，但我觀察幾次，發現不像，她只是反覆：前一分鐘對客人口氣衝撞，下一分鐘心裡或許就有點悔，等下轉個頭，聲線又鬆下來。恩威並施總歸是公主的本能。

每天就是這樣陰陰晴晴地做生意，這風格若在別的地方，例如很有情的台南，或一衣帶水對岸草莽的老社區，恐怕做不成吧。除此之外，只有一事我遲遲難以想通：這店裡裡外外，都任由忍讓這小公主風火呼喝，但她為什麼只對那位專職配菜、手腳卻奇慢無比的歐巴桑從來不敢置一詞呢？

這裡面應該很有點故事吧，不過外人就難知道了。大概是，都說陰陽相生剋，但真正能治女人的，還是女人。

司機的愛人

叫計程車時我不太挑車子——好吧老實說心裡還是挑剔的吧，但就學不會眼睜睜看一部老的疲的落色的傾令哐啷的車子，在我面前放慢速度，司機從車窗窺視我有沒有攔下他的動靜。他顯得累累的，顯得不敢奢求又帶期待，顯得隨時在受傷隨時準備要受傷。哎，我學不會別過頭去。

曾有計程車司機一上車就謝謝我。他的車外觀很差，但裡面打點乾淨，氣色微弱的瘦司機說，客人非常挑車，他雖然早就習慣，但每次被視若無睹，自尊還是很受挫；他說他只是沒有錢換新車，可是如果不換新車，生意又很難做，而生意愈難做，就愈難存錢換新車……我不敢為他想以後，更不敢想像一個人每天起身所面對，除了柴米油鹽醬醋茶，還有一次一次被嫌棄，到底是什麼樣的生活。

「但你總是要花一樣的錢一樣的時間，你有一切理由可以選擇坐得舒服點。」朋友如此告訴我。我說：「可是……」

其實我不挑車完全不是善良，完全不是情懷高貴，完全不是任何的好。我只是一時心軟。

一個會一時心軟的人他總是要吃一些虧的。

有天也是坐上這樣一部車。它其實不真那麼舊，可是看上去就知道欠整理，無精神，走得勉勉強強，車頂上的「TAXI」燈箱不情不願閃了幾下才亮起。我透過擋風玻璃看見那司機，半老帶髒，即使談不上神頭鬼臉也是十分不修邊幅，天色還是當旺正早，他眼睛就已經暗了，車子搖搖擺擺往我接近愈來愈近，路邊只有我一個人，我遲疑少許……開門上車。

他彷彿聽得懂我說的每個字，可是拼在一起就不行了。例如我說我要去一二三地，請走四五六路，他遲疑半晌，反問我是否要去甲乙丙地，他要走趙錢孫路；我說要在哪裡左轉，他則說是不是要掉頭……不管說什麼，我都得必須停下來再說一次或兩次，這時他會忽然被雷打醒似的，喉間渾濁有沙喔一聲。那一秒他懂了，可是他絲毫沒有發現之前的對話有多荒謬。

我感覺他不是真在語言或聽覺上有問題。說得玄一點，大概是神識掉了，三魂七魄只剩蛛絲那樣細的一線牽在心口，一吹就會跑。

所幸他總歸是好好地一路把車子往正確的方向開著，路途不算長，我還可以默默忍耐車裡一種不明不快不乾淨的氣味。然後他的電話響起，聽筒音量太大，我聽到那一頭是嬌滴滴的、甜亮的、很年輕的城市化的女生的聲音。

然後他說。「啊，不用了啦，」他明顯調度吃力地與她講國語，「不用了啦，幹嘛這麼客氣？嗄？不要這麼客氣嘛，我們不是要做愛人了嗎？」

不清楚女生在那一頭嘀咕什麼，他只是聽一聽，然後重複地說：「幹嘛這麼客氣？我們不是要做愛人了嗎？不是嗎？」「我們要做愛人不是嗎？」

他一直問，你就知道那頭並沒給一個好答案。

我把這事跟朋友講了。有人猜他遇上詐騙妹，有人猜也只是一個普通的女孩子，曖曖昧昧占過他一點便宜，回頭又怕沾惹，打來想還人情。

接近目的地時，我有點兒不確定要轉彎或走橋下，在那兒躊躇，這時他倒是非常果斷把電話捺下一邊，清醒地說一句：「怎麼會走橋下，這樣你就非得過河到另一頭了。」同時彎進了正確的巷道。

然後一切就明白了：他的魂不是掉了，根本就一直連在那通電話上。我只是在想，聽那口氣，他會不會也是一個心軟的人呢？是的話，他就糟了。

——輯三

（也不）算是讀書寫字

然後星星亮了

我小時候很靜，只要扔來什麼印了字的紙頭就捏著讀，可以不言不語一整個下午，起初父母十分欣喜，後來纔發現這是性子孤僻，但已經來不及了。比較奇怪地是我一開始沒學注音，先認方塊字，父親最得意並常驕其友朋一事便是讓三歲多的我給大人們讀報紙，眾人稱奇稱善（諸位，這又是一個小時了了的例子）。幼兒看天地，事事都新，中文字裡更是彷彿有妖，例如一個「美」，從前鉛字排版時候，這「美」有數種不同字體，底下「大」字右邊那撇，有的連在一起，有的分開，或者分得更遠些，只需這一點兒差異，在當時的我眼中就完全是各種面目的好女子：神情柔軟的，明快有鋒的，甜笑微微的，總之是浮想聯翩。

但沒有想過自己長大後會吃這一行飯。說起來我直到大學畢業都渾渾噩噩，從沒真正想過以後該靠什麼過日子？畢業不多久，我進了報社，做了一陣子副刊編輯，那幾乎是上一個十年的事了，台灣報業當時標標準準已是百足之蟲，死而不僵；副刊如瀕危動物（容我借用詩人騷夏書名）身上快要發炎的盲腸，晚秋裡時時有風聲，割？不割？我們只能在前代留下夕陽如血裡猜想夜晚何時來。

然而即使是這樣，許多人仍覺得副刊編輯的生活十分清貴，無比神祕，彷彿仙人指路。或許曾經是的。但到了我這一代，我們的桌面（電腦裡的，與實際上的）也就和每個上班族一樣，隔間牆大概還來自同樣廠商。我搭電梯，抵達高樓，打卡，開電腦，看稿子，打電話給陌生或不陌生的人（我最討厭打電話），催稿（這時常見悲劇），和同事一起用餐（這時大多喜劇），開會，收信回信，看版面……我時時為了自己是前幾個讀見此代精銳心靈的人而感到幸運；我也時時驚訝，啊，雖然都說現在少年人不讀書了，但也有這麼年輕的孩子，寫出這麼好的文字；但真正最敬佩的，其實是那些稿件雖然從未留用，仍能氣定神閒、一投再投的寫作者。他淡定，他不慍不火，他從來不在信裡對我們這些假權力者發出任何怨言，他寫在稿紙上的字體甚至愈來愈工整……此時你或許想像了一個溫馨故事，好比說，我應該回一封文情並茂的信給他……但我想的是：光為了他這堅持，他這篤定，我已沒有任何資格站在高處「鼓勵」他，「指導」他：事實反而是他鼓勵了我，指導了我。我只能把他的稿子整整齊齊摺起來，放進回郵信封。有一天，他寫來一首詩，很有意思，很快獲得登出，我與同事恐怕比作者本人還開心。

也有許多人認為，所謂文人雅士們境界必然是高的，容我再借用王鼎鈞回憶錄四部曲最後一書書名「文學江湖」，四個字，也就說完了。這裡仍然看見傾軋，當然有各種怨妒；有人看上不看下，有人圖名又圖利。藝術或者創作或者文學有時被人當作一床大被子，一攤開底下不宜聞問的東西，就蓋住了。看上去一樣整整齊齊。但我認為，那也不必幻滅，我學會平常心。仗義半從屠狗輩，負心多是讀書人。而人到哪裡都是人。江湖風波雖惡，可是也有俠（雖然不多），神天也總有大乘除（雖然未必馬上看見計算結果）。

現在，我不以文學行當為正職好一陣子了，然而其實不管去到哪裡，我都看見廢墟，只差在崩潰快慢而已。有時我懷疑：我們這一代人來，難道就為了看最好的時間過去，當那個最後離開派對、收拾碎杯殘酒的人？可是，我也沒忘記，這個提早發育的時代，後面趕上了那麼多早慧的人兒，我看著他們總是想，天啊，我念高中念大學的時候怎麼顯得這麼傻？而副刊與平面媒體的影響力愈來愈少，話語權愈來愈小，十年過去，這大概是蓋棺論定，沒有疑義了，這可能是我們這一行的悲劇，可是，我們這一小撮人的悲劇，或者是更多人的喜劇：有麝自然香，你再也不需要一個莫名其妙的陌生人（如我）決定你的聲音能不能被誰聽見，你不需要我或任何人決定你的作品是不是「夠水準」，你不需要一個巨獸站在門前，你有筆就像有劍，這是任何時代都不會變的事。

我們守著廢墟。但廢墟也有廢墟的道理，古羅馬競技場如此美麗。前代人留下夕陽，我們這一代站在邊界時刻，夜晚來了，然而也有星星來了，他們奮力點亮天空，抬起頭，我其實很慶幸。

那蛇那頭那病

至今我不能平心靜氣束手就擒地寫作。若有任何更有趣事情出現必定第一個把它拋向角落。當然，前後多年，斷斷續續，到底寫了一些。也出了書。因此這話讓我聽來實在是個假鬼假怪的賤人（雖說我不覺得當賤人有何大礙），但也實在沒辦法解釋為什麼人往東邊不拐彎地走著，最後卻仍然到了一路避開的北邊（若抵達西邊，倒很正常）。最後只好決定：我必然是很有病的。

然而小說，或任何創造性的活動，不管一個作者偏好關照世界或自我，最終都要回到腦子裡某一塊不正常放電的病區吧。或者是心有一花開五葉卻中夜凋損，或者是縫在精神背面的襯裡磨出了洞，我常猜想，一個終生性命圓滿的人，是否會靠近創作呢？或許也會，這樣的人必定也有，但曹雪芹若是無災無難到公卿，《紅樓夢》還會是《紅樓夢》嗎？前八十回一片安富尊榮氣象，沒有那些夭折破碎、異兆悲音的穿刺，是否仍有可能成就其剔透？八字古訣〈五言獨步〉：「有病方為貴，無傷不是奇。」意思是正因命中有缺損，有病弱，才有機會從對治扶抑的縫隙裡扯開頭緒，在破綻中獲得洞澈。我感覺寫作一事，庶幾近之。壞時代裡，國家不幸詩家幸，而我有時臥讀他人的痛苦，也憬然有悟：身在太平時候，大概要靠詩家的不幸才有幾本書可讀。

而寫小說對我而言是這麼好一間「看病」的密室，就是文字上的「看」，不打算解決，它不是醫心方只是顯微鏡。我有一種萬事萬物都催盡油門逼視到最底的性子，要說是偏執狂也可以，這就使人格外辛苦，它讓寫作成為一種日日夜夜天線全開像美杜莎滿頭蛇髮賁張繃直的狀態，而隻隻蛇眼都看向哪裡呢？就我而言，牠們往往是瞪著我自己、世界與人情裡的種種穿孔、潰瘍或出血。大概也是因此讓我格外疲倦，想要走避：如果日子可以過得輕快一點，又何必時時刻刻與病識感對峙、分分秒秒不依不饒逼問自己的血與肉與骨？人若想活得麻木，原是三十萬個輕而易舉。

可是頭雖想逃，蛇們不甘心，蛇們嘶嘶吐信。逼到很急了，我有時餵牠們些小說。

小說的虛構性像一枚螺螄殼，完美的殺人密室，在裡面你大可以安心做道場，要超渡什麼又想貶謫什麼，只要你願意，徹底可以天不知地不知。也可以狡猾地把自己或別人的五臟六腑絞進果汁或羹湯裡端出去，笑嘻嘻看他們喝了。蛇們暫時安靜下來，牠們有了交代，而我也覺得安全。小說的故事性又是一個絕好的舞台，有些寫作者願意站進去素面向人，有些則剛好相反，例如我絕對是把自己打得粉碎，東一點西一點羼在不同的布景。所以，寫小說之於我，雖是痛苦不情願，但仍沒有完全停止的原因，或許正是確定活著已無所逃遁，只好貪取一次次能讓自己紛紛煙滅、得以隱身在一個召喚虛空也召喚萬有的魔術空間的機會。其實，這毀滅傾向的情感糾結也未嘗不是另一種病，可是帶病延年，已經萬幸，哪裡顧得了太多。

回到《紅樓夢》。還記得晴雯補孔雀裘那名場面吧。晴雯任性驕縱，但一次寶玉把賈母給的一件金線孔雀裘燒穿了洞，晴雯強撐高燒，漏夜幫他補上，「使得力盡神危」。以前覺得這單純是描寫人與人彼此的至情愛惜，這幾年想一想，愈來愈感到若從病與破綻的邏輯看去，晴雯實是寶玉才氣與創作力的凝結具現與擬人化，也因此，才讓他們始終是彼此堅固的知音者。金陵十二釵冊上判詞寫晴雯：「心比天高，身為下賤。風流靈巧招人怨，壽夭多因誹謗生。」這段話，要說是所有創作者面對作品與創作生命時的各種業障，也未嘗不可。

總之，就是這樣病著，燒著，寫著，縫縫補補著，因此，也最好不必抱怨時代忽略文學與藝術或不讀書……創作這件事，永遠是我們腦裡那塊不正常放電區域的個人選擇，而非任何讀者的社會責任。這理解是作為創作者一條最底限的道德。

稿子是怎麼拖成的

總覺得寫稿的過程，雖非隱私，可是接近隱私。就像大家一樣洗澡洗頭上廁所，但不親熟便萬萬不宜排闥直入的道理一樣。所以一般也不好意思問人：「都怎麼寫呢？」萬一對方回答：「也沒什麼，就坐下來，打開電腦，然後在交稿日前把稿子寫完，寄出去。」那我大概非得哭著去撞牆了。不問也罷。

我內心最恨拖稿，這是道德與自律的雙重崩壞，「勿以惡小而不為」，可是手不對心，還是經常地拖了。不是輕慢承諾，只是一邊左思右想都不對，一邊又非常奇怪地總必須一路被壓力堵塞心口，積壓，躊躇，打圈圈，過不去，絞手帕，不斷自我厭棄：「萬事不過如此。又有什麼好說。」像懷著一個十多月都生不下來的鬼胎，直到終於有破綻扯裂，荒涼心地裡忽然爆開花果，便趕緊摘一摘理一理，裝瓶裝碗，灑上點兒水，上獻編輯（附上道歉函）後逃回地洞。我從小就擅長一次性的大考而不懂應付小考月考，如果是徑賽選手也必定適合短跑而不能馬拉松，這大抵有一點兒體質問題，像大家都知道的村上春樹那樣苦行式的工作格律，於我是不能成，我會變成《鬼店》裡的傑克尼克遜。但即使村上春樹，都還聽說他永遠提早交專欄的原因是不想回編輯的電子郵件，所以只好不斷寫稿當做回信。天下的逃避都是一樣的。

寫稿時我大部分的時間都在「專心地不專心」，看上去，我走進走出，吃水果，喝掉一整紙盒一公升的牛奶，批評電視新聞，玩遊戲，挪來一堆書在手上沒心腸地翻，左左右右做一百件瑣事，就跟平常我又看電視又玩手機又使用電腦的過動病狀一模一樣；但此時千萬別跟我說話，別理我衣服穿反了，別問我要不要吃飯，即使我大喊「叫119」也請直接打119而不必問「你沒事吧」，總之，請當我是死人。這不是等待靈感，我不相信靈感，只是入魂總要先離魂。寫作如降靈，如牽亡，把精神帶到最幽黯處，剔出血髓，冥河擺渡，好像哪吒割肉碎骨才有機會蓮花還身（或許這能解釋為何我時常放著黃克林的〈倒退嚕〉？）例如貓，平日對我也不搭理，唯常會在工作時跳上案頭端坐，兩眼陰陽，一如太陽，一如月亮，盯著我時鬍子時時掀動，壓抑地喵啊一聲，或忽然拍打我的手指或電腦螢幕，欲言又止。

當然說是可以說得很玄虛，但每到連截稿時間都被我拖過，終於要按捺住辦正事兒的時候，也就是慢慢慢慢、不只是老牛甚至是蝸牛拖車那樣一步一腳印地走了。從來沒有一揮而就的好事，不可能長江大河一瀉海底幾萬哩，有時聽人說一口氣寫三五千字，即使第二天回頭看「覺得全是垃圾」，放棄了，我都覺得，什麼呀，你們也太浪費了，我連垃圾都沒得回收呀。總是揉著捏著，寫三五十字，氣喘吁吁，然後開始擦拭我的電腦，還用桌上型的時候，就去把鍵盤子兒一個一個拆下來洗乾淨；回頭再寫三五十字，想想不對，還想洗澡，想剪指甲，便去洗澡剪指甲，總之，都是些整理整頓的事，稿子便是這樣終於拖成了。有一類寫作，是從一細胞增生全世界，例如馬奎斯、波赫士；有一類寫作，又是把整世界收拾成一細胞，例如海明威。而像這樣子一下手就得去找東西滌蕩的心態，大概只好說是……肥皂吧。揉著搓著，起些我喜歡的泡泡，而我自己就在中間清清爽爽、不拖泥帶水、一點點消失……別的都不用，只要誰的皮膚上，曾稍微留過一點香氣，已經覺得很好。

在路上

「靈感」這件事不可信也不可輕倚，儘管它一定程度說明了寫作過程裡不可說的意味，像奇門遁甲，像大廚在上菜前一刻才撒上的一點隱密香料，像仿單上名字神祕的藥引，靠著它挑筋脈，順肌理，入血氣。總之一言難盡。

但對我而言寫作實是在靈感香料與藥引子之外那些青菜或豆腐的事，地骨皮或路邊草的事，它總是莫名其妙在日常道途上發生，在淋浴時發生，在走向早餐店時紅綠燈變換踏步之前發生，在陌生人走進一道陌生門的瞬間發生，那個電光石火時候一切真正的寫作都已在背景與白噪音中完成，剩下只是時間以及耐住性子的問題。

（或者該說，對我而言一切問題都出在時間與耐住性子吧……）

當被時間逼慘了或非得耐住性子的時候，我也有習慣的地點與喜歡的位置（大多是附近的咖啡店。最近幾年我刻意避免在家工作，因為坐在床鋪與閒書旁邊不能睡又不能玩，太絕望了），台灣不常用「碼字」這個詞，但我想想它真是說明了打開筆電那一瞬間面臨的是種怎樣纖細怎樣推磨的手藝，像紡織工匠一樣憑空捉取腦神經裡縷縷不願到位的蛛絲。所以寫作者或許要有顆異質的心，但這件事本身一點都不浪漫不能放誕。所謂「寫作要耐得住寂寞」，我感覺那寂寞並不是有沒有讀者或獲不獲得注意的表面理解，而是在過程中不斷向內的抗辯、質問與對峙。世界上沒有什麼比自己與自己為敵更寂寞了。

瑞士諸羅山谷，瘦瘠苦寒之地，據說那兒能發展出在塵粒上雕出玲瓏塔、舉世不敵的鐘錶工藝，原因在於冬季太長，打開門，風仍不停雪仍不停，匠師們只好回到桌前，在橋板上打磨出一條更細的髮絲紋。這大概是現實裡最接近寫作的一種狀態了：一條在安忍中鑽牛角尖的道途，一條在風與雪與冰裡疾行的道途，而不知怎麼搞的，我最後仍然上了路。

末日書之派對讀物

我非常俗氣，若談到末日應該完全不會想起讀書這件事。在乎的大概是還沒住過巴黎麗池的總統套房，或還沒去北海道吃現撈鱈場蟹腳之類的。我的意思是，若幸或不幸大家真有機會參加本地球的期末大派對，同時也幸或不幸地預知了大派對的節目內容以及將在第幾節課舉行，真有人還能一整天目不斜視乖乖坐在座位上溫習他上學期或下學期的功課嗎？不是應該馬上去福利社買零食汽水或者趕快相招最好的同學一起圍圈圈占位置嗎？

所以若要說派對，不是，末日前還讀什麼書的話，實在就是那些最能消磨焦灼光陰、最能轉移注意力、看似最無用其實又可能有大用的擦邊球讀物了。例如若末日來自（最沒想像力的）天災地變，戰爭或大疫癘，眾人悲慘惆悵，路有活屍走肉，那麼我案頭一套上下兩冊帶殼的《辭源》應該挺好。當時買《辭源》原想把每一條目當一極短小說逐日隨手讀完，但三五年來持續停留在漫長的「一」，此時它的極厚與陌生就是最大優點了：為了堅持抵達最後的「龥／古代竹製的一種樂器」，應該能相當程度加強我面對兩極顛倒地心碎裂、隕石彗星攜手同心撞地球時的心理素質吧。

也或者，末日真就是超炫超奢侈一如線上遊戲：光天化日之下竟有天使披垂厚翼號角巨響嗚嗚降世，或有魔王大恐怖裂海破空而來，那時就希望手邊有本講遊地府的《玉歷寶鈔》了，（因為《神曲》我讀過了，且但丁每寫到貝德麗采便像個絕望的宅男，我不相信他），算是出門前買本Lonely Planet口袋導遊書。唯一憂慮是《玉歷寶鈔》至今流傳超過千年，資訊可能太舊，不妨補上近代流傳的勸善書《地獄遊記》，同時現在開始，盡力做個好人。

當然也有可能，末日就只是誰按下reset鍵，啪，螢幕無聲暗去。我覺得那時若已讀完全套《大藏經》應該挺好的。這很難，且未必實用，可是光想想有上億，上億的中文字，存在這世間目的只是為了安頓所有陌生人。感覺很好。很像離開派對時，門口竟有人在發伴手禮。

但不管前面都讀過些什麼，最後最後，必定要取當季各類外版時尚雜誌做壓席：義大利版《*VOGUE*》，法國版《*Numero*》，英國的《*i-D*》與美國的《*W*》還有日本的《*SPUR*》。如彩球炸開色紙花散，這是我們大派對華麗、玩笑、發酸又憤世嫉俗的最後一擊：看滿城霓裳錦繡，盡裁做地球一席大壽衣。

小讀事

讀了小川糸的《喋喋喃喃》，做為一部長篇小說它幾乎沒什麼情節，人物也無出格之處，講的又是某種成年人的「純愛」。乍聽到此會覺得接近災難了吧，但有時愈瑣碎流俗的確愈能動人。或許裡面是沒有大道理的，不過小川糸一邊寫了日本的四季、物質與傳統，一邊將一段凡間人事說得輕重有節，安靜美麗。物質與文化的餘裕在她的寫作中不是用力過度的小清新，而是人與人或人與物安閒相待、別具隻眼的尊嚴。

世事迎面而來，大多難堪，沒有這種尊嚴，人不可能優雅地咬牙活著。

例如她寫一朵前夜漂在小水缽裡的紅白茶花，早上起來已經凍住，花瓣在水面的凝冰上綻開。以此描繪冬日之冷。

或是寫冬天賞梅，女主人翁穿的和服是素灰色，只在襟上繡幾瓣春天的櫻花。「在和服的世界，一切都要領先季節，如果在梅花季節還穿梅花圖案，就是不解風情。因為服飾再怎麼逞能，也不敵真正的梅花之美。」

唯一比較討厭的是，它明明很適合在晚上睡前讀，但裡面的人不斷在吃各種好吃的東西。七草粥。栗子蒙布朗。紅豆牛奶。星鰻壽司。岡山水蜜桃。鴨湯。雞肉鍋。餡蜜。非常可惡。

*

某日與友閒話「消費的尺度」。因為我們常有上萬買鞋子上千買零食不猶豫、但多刷幾本書或雜誌要想個五分鐘的現象。勉強算得上愛重書物的人都會這樣了，可見書本真的很難賣。

但後來我仔細想想，確認了這心情並非捨不得錢，而是書買了，若不一本一本徹底消化完，不知為何便罪惡感很深，心理壓力山大。好像我所不知道的某一天要考試了，可是教科書一直沒有從包裝袋裡拿出來……至於鞋子，那是拿來踩腳底的；零食那是拿來貪歡的，它們都不會一直提醒這個人生已經過到沒時間好好讀完一本書的天殺境界。

以前大家笑人買全套的志文出版社放在架子上卻沒讀完，是裝神弄鬼。誰知道連裝都不想裝的時代這麼快就來了。所以我們若想振作出版業之景氣，今日開始，不妨提倡一個新觀念：「有書當買直須買，只買不讀也很帥。」（這什麼妖言惑眾的理論呢。）

＊

《父親的帽子》是森鷗外之女森茉莉憶童年的散文集。風物、風格與風雅，三者都占全了。

森茉莉寫它時人已半老，數次婚姻破碎，生活也很潦倒，日後則樹立了耽美小說（就是腐啦）的一派宗門。總總說起這完全有可能是本千金末路的春夢婆之書，可是偏偏她就是寫成微型的《紅樓夢》格局了。除了物質細節與時代感的上乘掌握，那剔透，洞澈，對細緻人情流動的全面理解，絕不止於嬌嬌女的直線條憶當年。她的恍惚裡有無比的警覺，完全是知夢也知醒的人。只是她喜歡夢的那邊多一點兒而已。

這大概只能歸因於天賦的心氣特別飽滿充足，不管命運與他人如何牴觸、如何消耗、有多少砂礫將她磨到最薄脆，都不曾損傷了精神（但那又絕不是自欺欺人或自我感覺過度良好）。後人多說她戀父（她自己也在這書裡坦承了），其實她也有些戀母（多次形容了母親如何端嚴修長，如何美）。她看那些世事如露，朝華夕落，處處綻出長植在日本人心地裡的一瞬之光，卻又連真正的感嘆或感傷都沒有，而是一半輕巧：「咦，原來人活著是這樣啊，」一半通達：「這也沒什麼大不了，很自然的事啊。」

所謂宿慧無非如此了。

去大觀園看實境秀

好像自《紅樓夢》傳世以降，讀者談到書中的「女兒」們時，一般都以兩個主要女性角色「寶釵／黛玉」作為X軸與Y軸展開討論象限，熱烈於為自己衷心喜愛者辯詰，甚至會為「誰更出色、誰更美、誰更有才華」而爭吵……（倒是很少聽見誰執著於《水滸傳》一〇八座天罡地煞的長短，或者盤問《三國演義》中哪個最英才……）。即使相對客觀的評論與考證書寫，你也常能從切入方式或問題意識中窺見寫作者的偏愛。例如高陽在《紅樓一家言》裡推演曹雪芹於後四十回可能的真意，但字裡行間對寶釵之出力擁護，熱情遠勝他的小說筆觸，非常可愛。

一方面或許可以說是人類的本能實在很有趣，我的意思是說，就算在一種最無可不可的情況下，即使只是面對一籃一模一樣的蘋果，天生的偏心都會促使人類無意識地挑挑揀揀出「似乎」最順眼最完美的那一枚；更何況大觀園是個如此容易介入、宜於圍觀的場景。看看那些俊俏男女（女子特別重要也特別多）、富貴氣象、錦衣玉食，放在現代完全是一場真人豪門實境秀，等於你一打開電視就是看見一個少爺與許多小姐們在那裡走來走去，一下討論今天要吃什麼螃蟹，又要吃什麼鹿肉，身上穿戴各種珠寶或訂製服，然後誰又送來了舶來精品，大家的對話一下子是龍鳳呈祥，一下子又是酸來酸去……

當然若真有這種節目會引起壓力團體或NCC嚴重關切吧……想想看巨大的莊園裡，美麗少女身裹綾羅圍繞著未成年的繼承人打轉，才國小畢業就和貼身伺候的俏女僕（襲人）偷試雲雨……我經常給表示「看不下《紅樓夢》」朋友們的建議，就是請把它當作一本文辭講究、複雜輝煌的八卦雜誌吧。這當然不是輕浮意味，而是《紅樓夢》雖說自稱是「假作真時真亦假」的「滿紙荒唐言」、「一把辛酸淚」，但實是以非常錦繡、高雅又傷感的方式，琢磨出了一種無孔不入如繡絲，又澈骨如銀針的世俗性。這世俗性注定不是傳統中國士大夫式「以天下國家為」」、侷限於時代裡經世濟民之業的那一種（否則寶玉也也不會抵死抗拒功名八股、譏之為「祿蠹」了）；卻是與這支女兒隊伍互為表裡，鋪墊在世界與生活最底層，一種共通的龐大人類性格編織。

所以說起來，它或許比較接近《超級名模生死鬥》（*America's Next Top Model*）？在看似花團錦簇的大觀園（或上述ANTM的賽局）裡，觀者深受各種瑰麗吸引，局中所有女性看似彼此爭色，但說到底，實都是在與「結構」本身競賽，書中的最終大獎則是「女性幸福的婚姻與歸宿」（當然這是一時一代的價值了）。不過非常可惜，就算我們撇開高鶚寶變為石的後四十回續書（曹雪芹寫到未完成的八十回就去世了），根據金陵十二釵的判詞推斷，《紅樓夢》裡除了襲人之外個個下場堪憐。她們都是輸家。或者說，大多時候，只要身為結構中人，我們都注定是輸家——人在局中，你照足了遊戲規則去玩，還有「機運」躲在後面撥冷不防的骰子；若你不照遊戲規則玩，規則及其擁護者首先就把你玩掉（但所謂人性的高貴本質，大概就是即使勘破這雙輸本質後，仍願全力奮起，仍能維持優雅表情吧）。

所以《紅樓夢》當然不只是什麼禮教吃人的封建家族悲劇而已。當我說「結構」時指稱的其實是人類的群體生活，及其連帶而來的所謂必要之善或必要之惡；在大觀園中，一切都由賈母、王夫人、王熙鳳、以及皇妃賈元春擘劃撐持（ANTM的評審團？），有資源，有好惡。這兩樣加起來就厲害了：任何團體中真正能表現關鍵效果的，從來就不是大家勉強說定的那個規則，而是好惡。

因此結構裡必然有一心考慮資源者意向，藉此取得現實利益或者風水位的自利主義者。與其說是善惡義利之辨，不如說，那是種為全大局但也不為大局的選擇。最具代表性的是寶釵與襲人，好聽一點是世故，難聽一點就是只問利害不問是非，有時甚至近乎卑鄙。襲人在賈府的處境較受威脅，大大小小的手段也最多，她就是你常看到的那個做賊的喊捉賊、挑撥出賣親密同期戰友搏出位的人。至於寶釵「好風憑借力，送我上青雲」的志向則從來沒有疑問，不過，她背景雄厚，才貌出眾，不必弄髒手，懂收買人心就夠了，所以她會在聽戲點菜時特意揀賈母喜愛的「熱鬧戲文」、「熟爛之物」；見王夫人對屈死丫鬟金釧兒一事心中抱愧，她亦能夠以「這等糊塗人自取死路」一類說法做為「寬慰」；最聰明的是她絕不「看上不看下」，深諳叫好也要叫座的「做口碑」之道。

當然心計之外，她們不是沒有親切可喜的一面，所以也令人難以真心厭惡。而我們常認為黛玉、晴雯（或者也加上半個妙玉）等人，恰好是另一個對比的人物集團，不過，黛玉等人就不是自利主義者嗎？她們就不動心計嗎？那也未必。這幾個人有時看起來相當傲慢，有點勢利眼（只不過標準不在財勢上而已），為人姿態常常近乎今人所說的「假掰」；但她們的自利與心計所服務者，往往無關功利，卻取決於各自天生帶來的一股無以名之的情志——同樣的，這也不全是善惡義利之辨，而是既利己也不利己的選擇。我們大多會同意這幾個女孩跟寶玉是更加「志同道合」的，她們常在有意識或無意識中，揭破了大觀園中一時一代遊戲規則的迷妄（女人的婚姻，男人的功名。因此令熱衷於這遊戲的人們感到難堪無法忍受）；她們自己看人與取人的標準大多在於心性、才智甚至容貌，因此也非常天真近乎傻氣地認為世界的遊戲規則也當如此，而自己也理應因此受到愛重——這就成為所謂「恃才傲物」了。說到底，有時「恃」與「傲」恐怕未必是當事者的本心，實是周遭混雜了恨與羨慕與「憑什麼」的複雜眼光投射——憑什麼我們都活得小心翼翼綢繆婉曲，而你想都想不到這一層？黛玉聯詩逞才、晴雯一笑撕扇與妙玉折梅奉茶的時刻，她們都不曾想過一旁有虎視眈眈的幾多雙眼睛吧。光是這「想都想不到」，本身就足成招怨取禍之機了。

所以你看，即使一直覺得「哪個都不喜歡」的我，也不小心流露出一點偏好。但若非要說起來，我猜很多人其實跟我一樣，更欣賞王熙鳳、探春、平兒與鴛鴦等人（當然有時我覺得自己更像賈母，被漂亮可愛的少年男女圍繞就非常高興……），她們美貌而務實，思路中性，是現代人更能理解的典型，也更接近「女人」，特別是王熙鳳，一般都說她治家的手腕極高，但我認為她（以及鴛鴦）最高明處，是能夠在統治集團與青年群體兩種價值中游刃有餘地帶笑迴身；至於活潑嬌憨、人緣才貌俱美的湘雲，人見人誇，說起來完全沒什麼讓人不喜歡的理由，可是不知為何總覺得她少了一種真正的「可愛」。

十一、二歲到現在我不時就重讀《紅樓夢》。最小最小時看飲食衣物器用，大一點看詩詞章句，再大一點看（我根本沒被感動的）愛情悲劇，再大一點或許看的是家庭，是一點宗教與哲學上的世界觀，倒是直到現在，才拼湊出大觀園竟是個幾乎完全適用任何一組三人以上人類組織的政治系統。想想，也不過是一群十幾歲女孩們的脂粉家事，放在今天絕對是萌經濟的最佳代言人，說不定變成了ＡＫＢ48，卻被推到這個微縮的弘大尺度，不得不很俗氣地說一句「感動於藝術的了不起」。與其認為曹雪芹筆下只是對女性的同情或褒美，不如將它看作將性別差異的粉塵抹除後，一種對人類底蘊及命運的明視與關心（像是那枚擦亮的、刻了「莫失莫忘仙壽恆昌」的通靈寶玉？），這當中可以見到低賤者的高貴（例如劉姥姥），或者高貴者的低賤（例如王夫人與趙姨媽），有命運隨機的諷刺操作（襲人與晴雯的品格高下，正與其結局成反比），也有一心只求避世仍遭強壓的險惡（例如迎春、李紈與巧姐兒）。

當然若不想這麼複雜，回到最前面我們提過的，近似《超級名模生死鬥》決賽的傻問題：「講了這麼多我都不想聽啦，只要說說《紅樓夢》裡最有冠軍相的選手是誰就好了？」

我認為是出場不多甚至未曾列名十二釵的薛寶琴。理由是，若按大觀園的遊戲規則，把「賈寶玉」視做「獎品」，那麼《紅樓夢》前八十回幾乎是推理小說一樣，故意地一下子暗示你「上面好像屬意寶釵」，一下子又暗示你「上面好像又屬意黛玉」。然而薛寶琴一出場，觀其人物、性格、舉止、言談與才氣，總持大權的評審團主席賈母竟馬上撇開寶黛二人，殷殷詢問寶琴年庚，「意欲為寶玉求配」，可以說是書中最強踢館選手。不過寶琴已有指腹為婚的對象，事未能諧。寶琴後來莫名其妙從故事線裡消失，也沒有結局，原因當然可能是高鶚顧此失彼的才力不濟，但反而因此讓我最喜歡這個角色：在《紅樓夢》裡，這座來自皇家旨意的「大觀園」，是樂園也是巨獸，有些人抵抗它，有些人扶持它，有些人利用它，有些人指揮它；只有薛寶琴，說來就來，說走便走，神出鬼沒。像實境競賽中奪冠呼聲最高的參賽者，卻為了一個最無足輕重的原因飄然退賽。她打敗了大觀園的世界。

來自二二六六年的數位閱讀筆記

Okapi網站編輯傳來這份以年齡分別的二〇一三年博客來暢銷榜，我瞬間就迷惑地笑了。

笑的是，啊，台灣讀者其實是非常親切、非常容易理解的。我們所關心的事從不繁難，永遠是最清楚直觀的那一些，好比年少苦悶的荷爾蒙與騷動異想，青壯時的郎財與女貌（去年李桐豪已經寫透澈了），中年要凍齡要挽留青春，老年求抗病求養生求奇蹟。孔子說三十而立但我們追求三十美麗，孔子說五十知天命但我們想要五十逆天命。每一年世代暢銷榜轉過來轉過去其實也就是那麼一回事的人生一世。

因此我困惑了：明明是看起來很普通、易把握、焦點又十分清楚的心理狀態，為什麼我每一個久業出版的朋友仍舊捉摸不著「這一本會不會中」呢？為什麼都洩漏題目也套好了題型，但做一本暢銷書還是這麼難呢？

這也很像人過日子：要簡單可以簡單得日行千里，要不容易時又真是寸步難行。最討厭的是，人在局裡時一切根本不是你控制。所以看這份排行榜時，我想假裝走遠一點，假裝自己是數百年後的研究者，而它是一段數位考古殘章，那麼我隨手潦草寫下的筆記（如果那時候我們還用紙），或許會是這樣吧：

「以年齡而論，二〇一三年30歲以下的台灣人異常關心戀愛事件。暢銷榜第一名是《想念，卻不想見的人》，另有同名作者作品《那些再與你無關的幸福》進入前十名。據研究兩書主題均為二十一世紀初所流行的輕量都會兩性書寫。惜無紙本或數位內容傳世，內容不可考。有論者懷疑《想》書或與牙醫就診行為研究有關；《那》書則牽涉激烈的斷糖、全素、禁酒與戒菸健康管理計畫。

「唯根據兩書在30歲世代以上榜單名次大幅跌落之情況推斷，或仍以通說之『抒寫異性戀情感關係』較為可信。

「此榜單也側寫出二〇一三年台灣主流社會中規中矩的一面——太規矩了，簡直令人懷疑這份文獻的真實性。例如22歲以下讀者大多思無邪，主力閱讀台日兩地出版的奇幻輕小說；而一入23—29歲區段情色著作《格雷的五十道陰影I：調教》便瞬間躍上第三名，且此年齡層的閱讀選擇更近乎刻板地表現著年輕人的社會化焦慮與溝通困境，包括《跟任何人都可以聊得來》、《給自己的10堂外語課》、

《20世代，你的人生是不是卡住了：你以為時間還很多，但有些決定不能拖》。唯榜上流傳至今作品比例約僅十分之一，便造成我們考證的各種困難。暫時無法判斷這是否近代人戲擬的疑偽文獻。

「30—39歲的閱讀榜撲朔迷離。首先據官方記載二〇一三年台灣的生育率創下1.11%新低，是全球倒數第三，但30—39歲的前二十名又有《瘦孕》、副食品、《育兒寶典》、輕鬆當爸媽、《0歲book》、《百萬父母都說讚》、《英國家長這樣提升孩子大腦力》等種種關鍵字大爆滿。與超低生育率對照，略顯有悖常情；然而另一方面，又十分合理解釋了台灣當時的晚婚、晚生、晚熟趨勢；同時理財書在此年齡區間上榜者相當少，可能因為當時青壯年根本無財可理。

「40—49的『四十世代』以及50歲以上『熟齡世代』沆瀣一氣……健康、療癒、防癌、微整形、預防醫學、青春不老、養生奇蹟……怕死怕老怕病怕醜，今天也一樣，不令人意外。但我再次注意到理財書籍在兩份榜單中的位置：隨著年齡增加，理財書所占順位與比例也提前提高，推斷大多財富仍集中在50歲以上人口手裡，這可以解釋台灣在二〇二〇年開始的、長達二十年的「黃昏經濟學」，也增加了這份資料的可信度。

「『熟齡』與『四十』世代的散文家簡媜是五份榜單裡唯一的純文學作者。也是其中少數留名至今者。

「但我個人最喜歡但也最困惑的部分是：各年齡榜單都由健康類的《一週腰瘦10公分的神奇骨盤枕》、《驚人的視力回復眼球操》，以及與腦神經科學相關的《快思慢想》全面制霸雄踞前五名。財富輸了、育兒輸了、股票輸了、勵志與宗教與心靈統統都輸了，連變瘦變美都遜色了。

「簡直不可思議：難道當時全台灣人都有骨頭歪掉、視力欠佳與腦力透支的毛病？我不敢確定，恐怕要請求跨領域支援。但我猜，他們那一年吃的米、炸的油、喝的牛奶與烤的麵包，恐怕是出了天大的問題。」

美與白骨

難道你偶爾不會有點懷疑嗎？我們活著的此城當下真是所謂人間嗎？我的意思是說，當「四鄰皆幽冥之宅，人何寥落鬼何多」都變成老生常談的時候；或者看見國事傾倒水流就下不可收的時候，你難道不曾自疑過所謂人間其實是黃泉嗎？世界末日之所以一直沒來的原因，會不會是其實早就來了，只是我們不知道？

畢竟天地進化，今日要求籤都可以上網不出門（且有些服務上線前確在神前請示過……）我難免懷疑地獄也會突變，小聲小心地侵占人間。而若為我們的當代鬼城描繪地獄圖，恐怕已非刀山油鍋拔舌頭，我猜開門第一頁會是種種非常美麗的人體與物質，畢竟美德美德，今時今日，美即是德，二十一世紀的前十年是個空前著魔於奢侈感與肉體美的大時代，所謂的「haunted」（作祟），據說鬼魂作祟都因執念太深，那麼對美與消費的執念，顯然是此際一大冤魂。

所以我讀了山本耀司自傳《親愛的炸彈》。事實上，所謂主流時尚界至今仍是殖民主義堅不可摧的最後堡壘，時裝週的東方臉孔或者來自中國的新富大戶亦只是這堡壘最近砌上的幾塊新磚，但在八〇年代，山本耀司曾與川久保玲、三宅一生在這個軟強權世界打開過一個美學破口，到底憑什麼呢？單單基於一點好奇心，此書就值得一讀——尤其對我這樣一個從未喜歡過他設計的讀者而言，不過，最棒的部分就在這裡：我雖然衷心不喜歡他的服裝，但衷心喜歡這本書，一個單親裁縫母親帶大的東方孤獨男孩，是如何利用服裝這件事在西方世界建立他專屬的世界觀？

伏爾泰說：「我了解一個穿著破舊衣服的女人，遇到一位穿著時髦輕便、暖和皮衣的女人時，所要承受的煎熬。」這種煎熬未必不好，畢竟它成就了香奈兒。但百年只有一個香奈兒，沒辦法正拳直球對決的時候，就讀讀黃信恩的散文集《體膚小事》吧。黃信恩習醫，筆觸有手術刀的冷靜也有大男孩的和煦，是新一輩裡優秀的散文作者，《體膚小事》裡他寫自己的臉，別人的眼睛，牙齒中的性別感，長頸在他眼裡不是天生的模特兒而是動脈或氣切口，那些身體內外縱走如迷城，形而上與形而下的痛與崩，眼耳鼻舌身意的色聲香味觸法……不必露骨，就已直是佛教裡的破執法門「白骨觀」了（觀想肉身片片削落剝滅，只剩白骨）。他甚至寫了自己的「走過香港的腳」，這當然是個婉轉些的文學性的小迴避，不過，想像一下，像他這樣一個能文（出色作家）能武（執業醫師），又是一表人才內外兼修的年輕人，也會有這樣一個「又癢、又恨、又難以報復」的時分啊……真是一道有力的色相破魔矢，天知道，原來我們的救贖與超渡，正藏在別人的地獄裡。

奇零大觀園

都說「人鬼殊途」，誰知往往「殊途同歸」。普遍相信人道優於鬼道，又說等投胎，又說搶替身，但一個不被惦記的人明明活得還不如一隻香火鼎盛的鬼，世界是一組狡獪冷酷的質數，除來除去，必定有除不盡的餘人餘事。那些度不過的奇零者。

我們時代的奇零者未必緊握執著，未必浸泡怨恨，甚至未必有殘缺，簡簡單單，只是種選擇，選擇被大篩子留在網目之上，機械爪抓起又落下，夾娃娃機裡最後一隻無家的絨毛娃娃，絨毛娃娃在透明塑膠櫃裡安心安穩做著他的時代噩夢。美國新銳作家大衛・席克勒（David Schickler）前後串通的短篇小說集《和電梯說話的男人》裡就鋪滿了這種奇零者的夢，大衛・席克勒編劇為業，敘事緊繃有韌性，長於駕馭生活感與物質細節，蛋白石耳環，撕裂的絲質晚裝，雪貂爬在裸女身上，舞台劇裡的老鼠頭套，如飛沙詳細堆積一座壓住幽明的金字塔，這些噩夢不是腦漿新鮮、血管通順時所做那種有驚有汗的噩夢，卻是一種老噩夢，在那裡面，所有人沒力氣，所有人站在岔路時都明知自己該走左邊卻鬼附身地選擇了右邊。英國作家湯姆・麥卡錫（Tom McCarthy）的《殘餘地帶》更偏執一點，將幻視3D列印成型：故事描寫一場災難的倖存者，得到天價賠償金，留下不可逆的記憶後遺症，為了改善這後遺症，小說主人翁花錢重現意外發生前他最清晰記憶的一個場景；接近走火入魔按照每一細節（包括陽光從窗戶瀰漫而入的時間與角度）重建一棟大廈，僱來各種人，在裡面表演煎豬肝，修機車，彈鋼琴……

這充滿哲學意味的設定可以從方方面面詮釋，美國評論界青睞有加，不過我著眼《殘餘地帶》與《和電梯說話的男人》者，是非常單純的同一點：這些人物沒有各種泛道德的、因身在底層而相形高貴的苦難，且完全有各種輕巧簡便的生活選擇或幸福一種，但他們不約而同，擠進一條難為自己也難為他人的長巷。巷子是活是死？是否有盡？不知。為什麼？不知。如果大家有答案，那我們也將沒有文學與哲學、沒有巫術與藝術了（或者，外星人再無法玩弄地球人？）

當然，有時候只是孤獨。在《十一種孤獨》裡，理查・葉慈（Richards Yates）寫了十一篇優美的短篇故事，中產歲月平淡的生死疲勞不因時代或改，沒有前述兩書那一點奇想與戲劇化作為現實的氣窗，它說明了孤獨不是一個人，孤獨甚至也不是沒有人，孤獨是無愛無恨而好好地活著，平庸則是它唯一的酬勞。小說家的不依不饒固然殘忍，但無非也只是在人間睏意裡勉力抵抗打盹，爭取當個清醒人。

說到清醒人，黃凡必定是我們時代的前幾名。他的《龍山寺靈籤故事》，書名乍聽像善書，但你當然不會真以為黃凡變廟公了吧。此書採觀音一百籤中的八首，由四句本事的考證與背景，敷衍出綜觀儒釋道文史哲民俗學人類學與神話學的形上理解（更有隱隱的玄門機關），也好讀也不好讀；若覺得太抽象，那麼補上一本《死在香港》吧。前者談香港的殯儀產業與習俗，生者與喪亡的對抗，事理通達，富感情卻不亂賣眼淚，應當發給某些認為學生在國文課上試寫遺囑心靈會受創的家長強迫閱讀：你們難道沒想過「不知死」三個字有多危險嗎？

窺看人間

舊日讀神話書，總是遲遲難解：天人著五銖衣，甘露飲食，清涼無有憂患，為何動輒要眷戀我們這個口燥舌乾、人心千年積灰永如黑雲垂覆的凡間呢？（當然如果我懂，恐怕也就不必在這裡囉唆，馬上白日飛升了）……何況這又是個特別熱、特別躁動高燒的夏天，在耽讀耽睡，奔波空檔，難免特別念念不忘：宙斯或者董永的天女共同思慕的那人間火宅，到底是什麼呢？

人間之事難免飲食男女。先前讀了陳雪在人間副刊三少四壯專欄的散文結集《台妹時光》，見報時大約受制篇幅與頻率，每週總感覺是流星衝破大氣層一閃而逝（很像日本綜藝《料理東西軍》裡讓來賓試食指甲尖那樣大小的山珍海味，吊盡大家胃口啊），不過鋪陳結集後便瞬間打開局面，好像在仲夏夜空裡陳列一批宛然星圖。此書以食物作為回歸線，穿越前半生每段時期的情感核心，那些心事那些吞嚥那些困難，無比急促沸騰，大塊大把地下鍋，大口大碗地吃，有時非常饜足，然而不久又要飢餓；有時不消化，可是無論上吐下瀉或骨鯁在喉都得挺著。陳雪是經歷過的人，《台妹時光》與各時期作品都曾談過她人生至今種種不易，但這些「不容易」奇蹟地在她作品裡一重一重旋轉、上升，最終與她達成停戰協定（寫作是她的大使嗎？），未曾變成抓滑沉溺、導致嘴角下垂臉部肌膚提早垮落的書寫。四字書名乍看輕鬆寫意，甜蜜或哀傷眷戀或決絕都收放自如，十分優美，可是，那之中有多少脫胎時的鬼門關，換骨時的顛倒勇啊（一如「台妹」兩字也是經過多少衝撞對抗，才出落成今日挺拔漂亮）。我不知她取一「雪」字做筆名的原因，但讀《台妹時光》，讓我許多次想起周夢蝶詩句：「自雪中取火／且鑄火為雪」，寫作固需天賦，但從險地裡仍能這樣穩穩活回來，有時是更了不起的一種才情。

人間之事又難免心計疑猜。湊佳苗近情日有短篇小說集子《藍寶石》在台上市。相較於結構與布局都非常精采的《告白》，《藍寶石》偶有節奏匆促不穩之失，或者過度精緻的巧合，但依舊是非常具可讀性與個人特色的作品，一貫的情節機巧、人情糾纏、語言明快，充分讓人體會到日本大眾文學作為閱讀渡口的雄厚本錢。另一名日本女作家平安壽子的小說集《討厭戀愛》，則寫了極無亮點，極不光鮮，極庸常的人類生活場景。平安壽子在台灣已有數本譯作，幾年前的《愛的保存法》、《非比尋常的一天》裡寫過許多「無賴但又讓人討厭不起來」的男性，這次《討厭戀愛》則是三個「彆扭難討好但又讓人討厭不起來」的前中年女子。她的語言簡單但準確如探針，一方面慧眼鉤取沉在人事凋敝之下、各種可愛可憐可恨可敬可惜的結晶，一方面又啵啵啵如玩遊戲那樣輕易戳破人類每天吹出的自我欺瞞氣泡，這陰翳與光線的兩面手法，讓各種平淡無聊的故事素口咀嚼也動人。

台灣藝術家侯俊明濃烈的圖像作品集《跟欲望搏鬥是一種病》則剛好是光譜另一面，欲力躁動流淌，就算不到破紙而出程度，起碼也隱隱有脈搏，我難免想：如果神仙無意讀見這些書，果然是會為這些時代之女與時代之男感到無比困惑的吧？於是祂們便忍不住也想「走蠻煙瘴雨之鄉，受駭浪驚濤之險」了。都說寫作者是張狂的造物者，而讀者介入閱讀時刻的窺看眼神，誰說不是另一種神祇的居高臨下。神祇們偶開天眼窺紅塵，生了憧憬或哀憫，震動或體悟，就是這些一念成佛一念成魔，各種不徹底的心，注定了對錯的抉擇，肥瘦雜亂酸甜苦辣之味，曖昧不穩火舌，在滾滾的沸鍋中這樣一直一直燜著，把眾生都熬成了人脂人膏，遂有妖香飄向上界，無怪佛都想跳牆，神仙動凡心。

細節裡不只有鬼

誰說只有魔鬼藏在細節裡？一切都是細節問題。

買書時不免有這類經驗：當內容簡化成書腰或網路書店上的幾句大意，看起來竟然那麼無聊那麼蕭條。例如《父親的帽子》，濃縮成一句話，大概變成這樣：「文豪森鷗外之女森茉莉的童年回憶散文集」，《老爸的笑聲》則是：「菲律賓作家卜婁杉，以農村生活及父親為主題的自傳性短篇小說集」，《啟航吧！編舟計畫》，聽起來更加悲慘：「身處出版集團邊緣地帶的辭典編撰部門人員們，歷經十三年，終於完成了一本名為《大渡海》的辭典。」

沒有錯，如果我們懶惰一點兒，太多事情確實只需要一根腦筋。世間多事，萬物深邃，你何必想太多，何必太追究，何必著魔於執著一端，何必活得那樣複雜。你何必那麼累。

然而那樣的話，一切就不美了。沒有微塵紛紛無根在空中輾轉就不是陽光，沒有細細水珠與小小折射就堆不出長浪。我們常以為是各種龐大的事件與轉折將人改寫成這個或那個樣子，要到很後來才會明白，其實是那些太容易被略過好像無意義的一瞬畫面、一眼銘記，一步一步推到了今日地步。

《父親的帽子》很好地說明了細節之於人生是如何神奇之事。森茉莉年近五十才開始寫作，處女作就是這本散文集，她備受家族寵愛，富養成人，記憶裡充滿了顏色與材料，物質的名稱，一不小心就溜掉的日常動作，無特別條理的事件，層層堆置形成又厚又輕、又清醒又恍惚的筆觸，晶瑩地再現了大時代的明治風景，以及小敘事裡她和父親森鷗外之間接近戀人的感情。（森鷗外甚至說過：「就算是當小偷，若是我的小茉莉偷了東西，就叫做高尚的行徑！」）值得注意的是，她也多處流露對母親的讚美與憧憬（例如她注意到上餐廳時，母親最愛鰻魚壽司。若不曾衷心注視，是不會發現對方愛吃什麼東西的），這既戀父也戀母、持續終生的中性情感，是否成為她耽美小說的發軔呢？

菲律賓作家卜婁杉於一九四〇年代以英文寫作、在《紐約客》發表的結集短篇小說《老爸的笑聲》，文字簡潔，故事好看，他寫菲國貧窮農村的種種事端人情，幽默、輕快、精準——精準在此非常重要，唯有如此準確、精細地安排細節與血肉，才能引宗主國的閱讀者欣然入甕，藉此求取廣大世界對斯土斯民多一分熟視理解（卜婁杉在後記說：「這是第一次，菲律賓人以『人』的身分被書寫下來。」）。若放在更長遠尺度觀之，這批起碼發生在一世紀前的故事，至今仍深具普世情感，在多視移工如牛馬的今日台灣，這本小說的中譯本除趣味與可讀性，更能提醒一句：「彼亦人子。」

至於《啟航吧！編舟計畫》，大概數一數二的「細節控」之書了，三浦紫苑未寫波濤起落的故事，然而這小說的意趣或正在此：一群人，在舉世視之無謂的縫隙裡孜孜矻矻，鑿剔神光，雖說「文辭」與「語言」可以是非常豪華的事，但作者不做悲壯腔調，而將事功歸於人心裡一種無以名之、非比尋常的神經質，並且恬淡而不浮誇地說明白了一件事：大事件的成敗，往往存在小情況裡。

所以才說細節裡何止只住魔鬼而已，細節擁有整個微觀宇宙。而人類各種創造性的活動與心境，亦正根源於一種對人事與物態中各種廣大徘徊、捉摸不定的曖昧細節之著迷，之愛惜；也因此，我們才對「被化約」「被灌輸」「被自殺」「被發展」「被和諧」……這種種將人編號，齊頭砍去的橫暴價值，如此竭誠不能同意；米蘭昆德拉在《小說的藝術》裡說了一段話：「（小說與極權之間）不僅僅是政治或道德上的不相容，而是本體論的不相容……極權的真理排除相對性，排除懷疑與質疑，與我稱之為『小說精神』的東西永遠無法和平共存。」我們講來講去，談讀書識字，談敬重斯文，都無非只是為了護持並召喚這一點深細、悲憫、複雜、帶點反骨，同時愛惜人間每一種細緻肌理的「精神」而已。這精神看來纖細易碎，然而，值此當道率獸食人時刻，它便是虎狼背上的芒刺，倀鬼喉中的鯁骨：叫牠們狺狺然，卻永遠吞不下去；叫牠們出爪牙，卻永遠拔不出來。

——輯四　（也不）怎麼樣的生活

怎樣的生活

「這到底是種怎樣的生活呢？」午夜十二點我到家了，我坐在床緣伸長上臂脫下白日外出的上衣，一秒鐘，每一天每一夜我在黑暗裡靜默愛著的一秒鐘，永遠忠實為人實現著掙脫的一秒鐘，像佛把祂的涅槃加些水化成溶液裝在噴霧器後，開著飛機從高空輕輕噴向地球的一秒鐘。

只要是掙脫，僅僅一瞬也可以。

其實這時心裡一向沒有念頭，只偶爾會有開頭那句無聊極了自問話頭在萬暗中光華射，像一則壞漫畫裡的對話氣泡，像一座色色閃熾的霓虹燈箱。你知道我說的是那種廉價酒吧裡常見花體字「OPEN」的燈箱。這句話也像那種燈箱一樣，樣子嘈嘈切切歡天喜地的其實沒有表情，也一點兒沒有聲音。一次我在深晚途經一條山間公路上的加油站，它附設的小賣店窗口就亮著這一座燈箱，可是明明整座深山都是黑的，我們開了數公里前後一輛車也都沒有。我實在不懂打烊時鎖上玻璃門卻留著一句「OPEN」發亮的人心裡的意思。那彩光沒有理由地招著人，像是笑咪咪地說來呀來呀，我們在這。可是他們根本不在這。開車的人與我都看到了，我們都不說，背上一起發汗。

真正到了底的邪惡其核心必然是思無邪的。我剛剛經過三十四歲那一站。如果學會了什麼，那就是「黑暗中的燈」在意象中很美，現實上未必。因為這不是會為道途留光的時代。

但也沒有什麼可抱怨或必要抱怨，我一直知道這樣的生活是自己選擇與沒選擇的。我選擇把日子過進了夜裡（中醫師說了多少次這樣真的不行啊，積溼不解，氣血兩虛）。我選擇以月結制零存整付發賣我自己。我選擇情緒勞動與思慮耗竭。我選擇一張笑著但沒有笑的臉。我沒有選擇堅持。我沒有選擇一段客觀上看來四角周全前途無量的關係。我沒有選擇許多同時沒有許多選擇。而關於世界覺得我還有一點被消耗的價值這件事，我必須感激，並且選擇俯首表示對這幸運滿心慚愧。

我還選擇了剛剛脫下的那件黑色上衣。我喜歡它從後頸椎骨處往下淺淺開了一個V字。它使用化學合成材料，跨國連鎖平價成衣品牌製造，據說我們不應購買這樣低價而快速流動的商品，據說這價錢根本不合理，每條纖維都織造龐大的壓迫結構與第三世界奴工。我盡量，可是有時真的天人交戰到太疲倦，或許在今日若試著過一種不太受罪的生活本身就是很大的罪。人太多了，任何人若期待一點舒展些的位置就必然要踩著誰的手腳、誰的腦殼或者誰的靈魂。

所以我最好別這樣把它隨便扔在地上，畢竟這件黑色上衣已經助紂為虐，我應該要有最後一點惜物的羞恥心。其實這時我應該馬上睡覺，因為第二天還要早起開一個會，如果許多人像愛開會那樣地愛著各種各樣別的事物，那全人類成就應該會像地球氣溫一樣屢創新高（或者剛好相反，能讓地球的氣溫別再屢創新高了）。在那個會議室裡，大家會說些試探的話語，說些積極的話語，說些俏皮的話語，善頌善禱，祥雲密布，但是任何一滴真正能夠生長的雨永遠都不會下。在那個會議室裡我們唯一能完成的只剩下穿著得體。

我沒有辦法回答這是種怎樣的生活，也許一開始就不是真心想問，我其實知道答案。我決定站起身把本來亂扔在地上的黑色上衣丟進洗衣籃，躺回床上，握著手機刷動遊戲，我並不專心而有點焦躁，我在想明天早上該穿什麼？一件絲襯衫？一件開襟毛衣？這些衣服從來沒有一件舒服，沒有，只是週而復始在裡頭做出一個場面。掙脫的機會永遠只有那一秒鐘，袖口反環過腕領口往上掀過額頭把頭髮撥亂的那一秒鐘，我每天都把握著，我每天都讓它錯過。

冷的日子

台灣的四季大致不分明，不過一年裡頭，時間一到，總有些日子實在冷。最令人迷惑的是氣溫明明不比別處低，也不下雪，就只因水氣豐盛，便足以讓整副天地像哭泣一樣磨人；特別是台北，若逢又溼又凍時候，那真是，好像把路上所有人的骨頭打開裡面都是淚汪汪結成的冰霰。在物理的世界，零度成冰，沸點蒸騰，溫度是絕對值；然而在過日子的世界，溫度大概只是你吃飯時是一個人、兩個人或一家人的相對值。人生裡的不客觀何其多。

或許因為在冬天裡生的，我喜歡冷的日子。天寒貓先知，我喜歡看家裡的白貓肥雪滿地抖抖皮毛（老了，都稀疏了），找燈光，找人類體溫，找兩枚枕頭中間的凹陷。牠日常孤僻，獨來獨往獨睡一輩子，唯有在冷的日子裡願意對我們與世界發一點熱；有時食碗清水砂盆一無匱乏，牠仍然大吼大叫怨聲載道，「想幹嘛呢？你到底要什麼呢？」我苦惱地問，然後靈光乍現，啊，是寒流來了，天氣太冷嗎？便找出那件厚厚的小衣給牠穿好，牠躊躇滿志，在沙發上轉幾圈橋好姿勢後睡下。一宿無話。

冷的日子，怎麼過，彷彿都好。若是不下雨，乾燥如百科全書裡一朵壓花的日子最好。雖然一敞開窗就有風來針砭你，赤足在家裡走路得踮著腳，鼻腔裡黏膜疼痛，眼尾乾燥，而每天更衣洗澡時更格外感到人身的底線其實低得可憐：別逞強了，只要體表剝掉一些纖維，誰都充不成好漢。但是那種清淨的明朗的，淡的，爽脆如糖衣的，不滴淌無情緒甚至最好不要有陽光的微陰的寒氣，多麼好。霜不降，雨雪不來，行人稀少，沿著人行道一路走去，遇到炸雙胞胎杏仁茶蔥油餅的攤子，買一份吃著，就算苦惱還是有，憂懼還是有，心結還是有，但起碼曾經一瞬間一段路，你覺得自己過上了還不錯的日子。

不出門則更好了。「我有旨蓄，亦以禦冬。」旨蓄兩字用現代的大白話說大概就是「好料」的意思，藏著掖著許久的好東西，天一冷都可以慷慨。冷天的吃特別好吃，要甜，要濃稠，要綿而密，像古早時候糊窗紙一樣也把心腸裡颼颼的漏洞暫時彌補起來，顯得窗明几淨。冷天裡的讀也特別好讀，只有這時有理由一直縮手縮腳地在被子裡讀閒書，且就只是讀閒書，即使是漫畫或雜誌都可以，總之別上網，別看DVD，茶和零食整整齊齊放在床頭小几上（避開愛掉渣的瓜子或酥糖就是了），以前我有一床真正手打的十斤大被，沉甸甸如定心丸，在全世界都寂滅十度以下的深夜，讀各種書頁裡的喫與痴，然後睡過去。這種土土的樂事像烤番薯一樣是金黃色。

但我想，冷的日子最大好處，大概還是使人多多少少感到敬畏，心裡厚重一些吧。春天夏天或秋天，都太忙，太打得火熱，太輕快，唯有讓慣過平常日子的人如我，在一寒如水的日子裡浸一下，發抖呼出白氣，想著這天氣真嚴酷啊，才能多少同感地體會苦人與弱者的難處。「體會」這個字眼，畢竟需要身體，要到切膚地步才有真領會——如果沒有每一個冷的日子，誰的心又會費事去產熱。

夏天的四段式

小病

脫春入夏總是像蟬蛻殼與蛇換皮一樣困難。如果老掉牙地將一年節氣與人身等值換算，糟了，這就是青春期。

所以每年端午前後都像被午時水或雄黃酒噴到的蟲子一樣無名地小病一下，青春期最後的領受與煩惱。可厭的是那個「小」字，

「小」就是連自己都看不起自己的事，發熱頭痛，皮膚過敏，鼻塞身重，也不好意思張揚，當然也不可能成為發言的資本。有一年，奇蹟似地什麼痛苦都沒有，健健康康，好吃好睡，能跑能跳，就是喉嚨沒聲音，開始幾天根本說不出話來，西醫沒有結果，中醫也不知所謂，就開了些調伏邪火的藥方吃著。所幸它終究像少年少女的彆扭，自己漸漸好轉，但整整一個禮拜過去，我開口聽起來就像個吞過炭的老男人。有一次搭計程車，司機非常狐疑，不時透過後照鏡打量我，我知道他心裡——一定在想：「這個男扮女裝也扮得太像！」說不定，他還有點害怕，心裡想起了社會新聞裡奇情的劫殺案……但我總不能說，先生，我只是啞了，但為什麼會啞了，我不知道，醫生也不知道……於是一回家，趕緊拿出中藥粉吃著，站在廚房流理台前倒水，一口岔岔，一口不平，心想，人類生活裡，這種無聊的尷尬，未免過多了點吧。

半夏啤酒

吃中藥不能飲酒。也不能吃生冷，不能吃冰。特別是冰。每次站在超級市場裝了啤酒與冰淇淋的雪櫃前，我自己就代替那些健康報導先恐嚇起我自己了，躊躇不前，「to 冰 or not to 冰」。其實，大聲疾呼「吃冰不好」，對他們也沒有實益，我猜那是接近宗教。就像小時候看那些拿著小冊子挨家挨戶傳教的男女，不理解他們的熱心何處來？又不賣東西，又沒有錢賺；後來才有點明白，「相信自己想相信的事」也跟金錢一樣能夠縱橫著人心，信仰的完成式是自我匍匐，但現實裡它的進行式經常變成了訓導他人如何匍匐。世上最遙遠的距離。

不吃冰不喝酒就百病不生嗎？這當然是個「信耶穌得永生」或「放下屠刀立地成佛」式的說法。但最起碼，它讓我們有些指望，又是那麼簡單的終南捷徑，「這一點意志力都沒有，還有什麼資格獲得健康的身體呢？」也是非常適合我國國情的單細胞道德判斷。可是沒有冰啤酒就沒有夏天。所以還是取出了玻璃杯，寬口有稜角，質地不能太薄，凍過；下酒菜倒不必太多了，因為喝到一半已經非常心虛，最後自我感覺良好地剩一半在罐子裡放回冰箱。自以為這就算是不垢不淨不善不惡不增不減。運氣好一點，它最後被拿來燉肉；但大多時候還是丟掉，金色的起過紛紛泡泡的時間，咕嚕咕嚕流進地下水道，傾棄幾次後，那剩下一半的夏天，也就倒得差不多了。

茶與貓肚皮

冷氣大多在睡前開兩三小時，半夜關閉，所以早上通常是熱醒的。也不是大汗（那就是真的生大病了），是囉唆的汗，像一整個晚上有人在汗腺與毛孔的耳邊碎碎念碎碎念碎碎念：「不熱嗎？不熱嗎？你不熱嗎？不躺到地板上嗎？不開冷氣嗎？」把它們煩都煩死了。

起來總是要先看看貓，貓的肚皮也被這天氣煩死了，一下子左晾，一下子右晾。左晾右晾都不如意。

然後喝熱茶。

冰啤酒的第二天往往有些亡羊補牢的意思，日常最多喝的是出雲地方產的紫蘇番茶。紫蘇薄荷茶。仙楂茶。黃耆茶。日式焙茶。紅豆水煮的薑紅茶。

心情比較混淆時，喝京都福壽園玻璃翡翠色的綠茶。

但不管喝什麼貓都要爬到茶几上檢查，順便掉幾根毛在杯子裡。

一整個早上我跟貓都昏昏沉沉的。像一大一小兩隻茶包，全城溼氣浸泡。

不知道貓肚皮的茶，喝起來是什麼味道呢……

福壽園的綠茶我總是非常節儉地喝，三匙茶葉要回沖三次；大概喝到第三盅的時候，剛好過午。

我跟貓這時往往會被落雷嚇一大跳，貓肚子虎一下翻過來，我手上的茶也差點就要一起翻倒。

雨說下就下了。

淋到了雨

不下雨就不是台北，午後沒有暴雨也不是台北的夏天。雖說每一個季節永遠是重複他自己，連次序都不顛倒一些，可是奇怪，每年都還是感到這個夏天是新的。每次因為懶得帶傘而淋了雨，也都像是從未經歷過，新的洗刷，新的狼狽，新的鞋子毀了，新的路人以新的奇怪的眼神看我為什麼不奔跑或閃躲？我總是在心裡講一次那個笑話：「幹嘛跑呢？前面也在下雨啊。」雨水看似清澈，其實質地發黏，在大雨裡行進當然不浪漫，也沒什麼戲劇性，但是慢慢移動時，皮膚裸露部分被反覆敲痛，頭髮淌水，滴進眼睛，扮人類的舒適殼子被打掉，像非洲草原上的遷徙，令人忽然認識這身體其實也是一具動物的身體，有時是斑馬，有時是獅子，有時是鴕鳥，有時又是長頸鹿。

大概有點像戀愛，不管經過幾度一概是如此如此這般這般，能說的話能做的事，能救的能放棄的，能夠動員的情感部門，也都是七七八八那一些，可是，每次仍然覺得今天是新的一天。最近聽到一齣日劇的宣傳詞：「夏天是戀愛的季節。」其實春天秋天或冬天，也都適合戀愛啊（應該說，有什麼時候是不適合的嗎？）或許因為夏天大家穿得少宜於點燃荷爾蒙？或許因為夏天富有假期與遠行的想像，也或許就只是因為一場一場暴亂的雷陣雨以及其中的動物性：若不是青春時的感情，沒有人能哭得這樣崩潰，卻又在晚飯之前雨過天青的。雖然說旁觀的人也知道，明天或隔幾天，他還是要再次哭成這個樣子，過幾天颱風也是會來。

總之就是個潑出來的季節，傘潑出來，浪潑出來，高溫潑出來，天的藍潑出來，夏天是不必考慮後果的，結出來的果實也是各種淋漓的汁液潑出來的甜。

不過雨一陣一陣下著下著，也就小了。

颱風也是愈來愈不常見了。

看著他一點兒一點兒把自己往裡收，其實比較舒服，我們高興地誇讚，真是最好的時候呀，秋天到底是台北最宜人的季節。

但誰會想到？他要生過幾次不致命卻十足磨人的小病。要放棄幾罐剩下一半的啤酒。要被柏油路面與金屬水泥反覆折射的高溫燒灼過融化過幾次，又要激烈地起過幾次風，下過幾次重得能擊碎地球中心的雨。
才能走到這一步呢。

有人打來找阿ㄐㄧˊ

「喂！阿ㄐㄧˊ嗎！」

「我不是阿ㄐㄧˊ。」

一開始他們只是找阿ㄐㄧˊ。在一個比人生還要寥落的日子裡：冬天、下雨、百無聊賴的假日午後，他們打來找阿ㄐㄧˊ。我說，先生你打錯了。他說咦怎麼會。我沒有力氣糾正這樣愚笨的反問，只告訴他，先生，我確定你打錯了，這裡沒有你要找的人。沒有阿ㄐㄧˊ。他掛了電話。

「喂！喂！阿ㄐㄧˊ！」

「你打錯了。」

接下來是另一個男人，聲音老些，執念似乎也深些。怎麼會呢？怎麼會不是阿ㄐㄧˊ呢？妳是他老婆對不對？不是，不是，不是，這支電話沒有阿ㄐㄧˊ。「你打幾號？」「09xxxxxxxx。」「號碼沒錯但是沒有這個人。」如果是你，或許會多口問幾句：阿ㄐㄧˊ是你的朋友吧，但這個號碼我用了很多年，從來就沒有人打來找過阿ㄐㄧˊ，你是不是把0抄成6了？你是不是把7看成1了？

然而我是個惡婆娘：「我說沒有就沒有，我說不是就不是，你們剛剛已經有人打過了，不要再打來了。這裡沒有你要找的人。」

「喔，那，不好意思啦。」雖然他聽來並沒有什麼不好意思的意思。

「喂！阿ㄉㄢ喔？」

這是兩個小時後的事，第一個男人又打來了。到底是什麼樣的對阿ㄐㄧˊ的執迷與不悟，讓這幾個人整個下午到晚上如此鍥而不捨，堅信這支號碼將領他們找到阿ㄐㄧˊ呢？為什麼覺得多打幾次就會有奇蹟呢？還是說，其實，我根本就是是阿ㄐㄧˊ，而我忘記了？

但我原來也不是阿ㄐㄧˊ。「妳是阿ㄐㄧˊ老婆阿ㄉㄢ嘛！我聽妳聲音明明就是啊！」「我不是你們說的人，這裡也沒有你們要找的人。」「可是我聽妳聲音明明是阿ㄉㄢ啊！妳的聲音就是她啊！」「我不是，要我講幾次沒有這個人呢？」「可是我聽妳聲音……」如此迴圈，近一分鐘，最後結束在我宛如發夢一樣的叫喊裡：「你們到底要怎樣？要我說幾遍我不是？一個下午打個不停，不要再打來了！這裡沒有阿ㄐㄧˊ也沒有阿ㄉㄢ！你一直要找阿ㄐㄧˊ，我說不是你不相信，好，那你說，你們是誰？你給我說清楚你們是誰？」「那、那、這樣的話，不、不好意——」我把通話按斷，沒有讓他說完。說真的，我也不曉得自己為何這麼生氣。

冬天、下雨、百無聊賴的假日午後，一個比人生還要寥落的日子，找不到阿ㄐㄧˊ的他們應該也是很焦急的，聽那口氣，他們很愛阿ㄐㄧˊ，不像要討債，或許三缺一，大概也只有三缺一能讓人這樣一而再再而三無懼潑婦的怒罵。雨天底下，鋪好桌子泡好茶，怎麼也湊不齊咖，幾個人不約而同想到上禮拜在哪個場子認識的阿ㄐㄧˊ，call阿ㄐㄧˊ來吧，阿ㄐㄧˊ說話好逗樂，出張又爽快，唯一的壞處就是亂留電話。真不知道那阿ㄐㄧˊ到底跑了哪兒去。

夜的兩件事

棄物

這是個愛丟東西的社區。每週四午夜回收大型垃圾的路口，常常可見東起街角六把白餐椅，越過紅綠郵箱底下一組雙人床，西抵第三棵行道樹邊的IKEA立燈與單人沙發。東西大約五六成新，正是無可不可的邊界，不丟是手緊也是惜物，丟了是散漫也是氣象一新，而因為這一點不徹底，它們在地上打出的陰影也那麼薄，稀稀的，想像的粉末投進裡頭都化得不均勻，好像會結出許多死塊，即使有街燈盡力照著亦毫不見鬼氣森森，只是盛世將衰的日常脫了皮，或是兩旁高樓身上撢出累累的灰，積出一部堂皇的棄置。

大概因為接近舊曆年尾，那一日我深夜回家，嚇了一跳：這批回收物又多又新，場面實在豪華，幾乎讓人生氣。但「貨惡其棄於地也，不必藏於己」，一瞬間的些微氣惱，反而顯出是種不怎麼光明的妒忌心。我遠遠看到兩名男子，一中年，一老，各據一端。中年那個，攬住一臺迷你音響，坐在紅磚道上不抬頭修理一張皮製電腦椅的旋轉腳，形態富有感情。老的那個，跨坐腳踏車上，後座已綁定幾件箱籠，停在兩張走不動的大書桌前左思右想，側面看過去，他的眼睛真是發愁，那種想捨又難捨的流露，關於「為難」這回事，沒有比我當時看到的那雙眼睛還更好的說明了。

只有那些無機的家具桌椅最淡定。它們被放棄那時並未因此就瞬間多折舊了幾分，被撿走時候也不可能回頭沾沾自喜。沒心沒肺反而成全了它們。

當我經過老人身邊而他反射性看了我一眼時，非常奇妙，他很快地甚至是本能地將那為難給收拾起來，或許為了一種老式的尊嚴，一反成了忸怩，七情洶湧上面。我連忙走開。但這表情我懂得要命。某個瞬間我想衝動回頭跟他說，阿伯你別不好意思了，真的，我懂，上上禮拜我奉命從這搬走一張有點重但放在陽台很得用的摺疊桌時，真的，也就是這個表情……

遲遲

夜是時間，夜又不是時間。它說來就來了，但不太保證什麼時候走。好萊塢電影拍過幾次兩極進入永夜期的恐怖故事。我看了之後心想，啊，希臘神話果真巨大。例如講普羅米修斯從宙斯那邊偷取火種給人類，實在是為了讓人能從每日裡固定的、必然被切走一半時間的恐懼裡解放出來吧（熟食、保暖、以至文明之躍步大約只是令人愉快的副作用而已）。人類心境之中，沒有比「不害怕」更自由的了。難怪宙斯要氣成那樣。權力的快樂向來不繫於「我想做什麼就做什麼」，更關乎「讓人怕得不敢這樣或那樣」。如果除去他人的戒慎恐懼，一個「想做什麼就做什麼」的人無非也只是空蕩蕩的自了漢。又有什麼意思。而希臘神話這種穿透多少世紀依舊能作用的象徵力量真是種「神話」，那麼那麼多年前，他們就把人間說得差不多了，難免有點百無聊賴，所以今代創作者的關注日益分割細小，我想也是無可厚非，畢竟大規模的話頭數千年前都被說完了。

但當然火與燈光仍舊不能替去太陽。夜只是沒那麼值得怕，但還是怕（話說回來，要是一點緊張感都沒有，它也不美）。出外時我還是常睡不好，所謂「輾轉反側」的真正意味我就是在旅館房間裡體會到的。其實大多時候都是自己嚇自己，每盞燈都那麼亮又留著電視新聞讓它終夜報告戰爭暴亂之事，能睡得好才有鬼（哎，一個人的旅館房間裡還是別說這個字吧）。某個冬日在瑞士，我每小時都醒來一次，一醒來就看窗簾外的天色如何，真是令人沮喪，夜遲遲不願走，那是個星期一，直到早上八點，城市各種機能都已暖機完成一部部開始運轉，街道卻都還一副拿枕頭蒙著臉的樣子（奇怪的是，氣象台報告的日出時間明明是六點多）。我搭巴士沿著車站前的大路移動，經過一所或許是古教堂改建的學校，形制帶歌德風，薄雨裡，建築輪廓糊糊的，彷彿黑色是一張嘴而它要化在那個口腔中。只有每個窗都亮出奶黃色的金光，透過金光我清楚看見了黑板、牆壁與天花板上張掛的彩紙裝飾，各色海報。是一所小學吧。

巴士在那路口的紅綠燈前停了半晌。我想起童年最討厭的事就是冬天的早自習，又冷又雨，天又暗，一清早就得出門，走一段不算短的路坐在教室裡抄些囉哩叭唆的書。誰知道，現在這樣隔著車窗看起來，其實還滿可愛。忽然覺得那些遲遲不走的夜，或許也不是什麼陰險的事，有時它只是孩子氣，還不想睡，這一天還留戀。

哎呀

有次我必須到宜蘭某山上參加活動，位置荒僻，而且得在早上六點半這種時間出門，最後決定直接預約一部計程車。

當天早上一切都很順利，車準時到了，我準時下樓了，沒有忘記任何東西，同時如意算盤是一會兒若經過便利商店或早餐店就路邊暫停一下買早餐，我便能一邊坐車、一邊喝咖啡吃三明治、一邊在這至多一小時車程裡，把手上一份工作做完……

但車子一轉彎就上了快速道路，我想好吧到礁溪市區再說吧。

誰知造化弄人（成語是這樣用的嗎），出雪隧後車子兩下子就直接彎進山路，並且一路往從頭到尾只看見石頭、樹木和蟲的山頂開去……我害怕地打電話給主辦單位：「那個……請問上面有沒有小賣部或便利商店？麵包販賣機也可以……我沒吃早餐就出門了現在好餓……」「都沒有耶，這邊超荒涼的……但我們早餐有多我等下拿一份給你。」「那就拜託了……」

電話講完，目的地到著，這時，一路都非常沉默的司機把車停下，回過頭，胸有成竹地，他從前座拎出一套燒餅油條。「小姐這個燒餅油條是給妳的……」

「我想這麼早出門妳應該沒時間吃早餐，所以順便多幫妳買了一份……可是我看妳一上車就低著頭弄電腦好像很忙很嚴肅的樣子，我就不敢跟妳講早餐的事……」

哎呀……

我千恩萬謝地付了車資。「司機先生，這燒餅的錢我給你吧！」

「不用啦，這樣子，意思不就打壞了嗎？」

哎呀……

「你說得對！太謝謝你了。」

其實我不大吃燒餅油條，放冷回軟的味道也當然很不行，但我一進休息室還是馬上喜孜孜配著白開水把它吃完了。近幾年自己人或外人愛談台灣風土富厚，我常覺得話雖不假，有時難免「太多」了（例如「最美的風景是人」之類的……）。但話說回來，在台灣還真是常有機會吃到這樣的燒餅油條。

我吃飽後，坐在大會議桌上好整以暇地上網，得意得很。結果，十分鐘後，工作人員出現了。

他們帶了一個大大的奶酥麵包和兩罐飲料給我……

哎呀！

誠意姊床邊相談室

之一

友人和我分享主管的小故事。

我的回答是：「或許這很變態，但其實，我總是很享受聽某些人說：『我認識那個誰誰誰』『那個誰誰誰跟我是好朋友』『我跟那個誰誰誰吃飯』『我來往的朋友都是有錢人』，尤其是當說話的人已經四十好幾的時候……

「我通常會不斷微笑點頭。微笑的原因是，為什麼這個年紀，還沒學會不著痕跡的name-dropping呢？（記得艾倫狄波頓是否談過name-dropping的藝術？）點頭的原因則是對方正在一窮二白地告訴大家：『我已經混到奔五了，但我自己的名字還是不值錢。』而我實在無法同意她更多了。」

之二

童話之所以是童話，原因不在於它的結局永遠讓人過上幸福快樂的日子，而在於童話裡要對付的逆勢通常只有一個，而且一次只有一個（野狼／死神／女巫／後母／藍鬍子）；而現實中的壞人與王八蛋們，經常在同一時間來自四面八方。

之三

什麼，你說你不會寫「人生」兩個字？那有什麼難，它就是「王八」的倒影，加上兩撇機機歪歪的眉角。

之四

所有感情裡都只有兩個人：被愛人與被害人。

之五

「廣結善緣」這話的重點，太容易被放在「廣結」而不是「善緣」上了，結果，就變成自覺溫馨地招來各種牛頭馬面。大愛與大礙的字音字型這麼近。所以我想，這詞序若是倒過來，做「善緣廣結」就好了，也就是說，無論如何，先試著弄清楚這是不是孽障再說吧，泥沙俱下地什麼都跟人家結一下……那個，叫做hoarding。

（就像「功成身退」的詞序……很多時候，實情是「身退功成」。「退」正是「成」的臨門一腳，最後一哩路。若不退，或許功還是能成，但不會掛在你名下；若退了，若退得漂亮了，大家就心存善意地把兩組詞略一點撥，場面與場面話，統統都圓起來了。）

之六

關於女人的顏色。

亮彩飽滿一類例如明黃與深粉紅（日本人叫躑躅色），翡翠綠，藤紫，知更鳥藍，三十五歲前盡量用。此外就等到六十歲之後。特別是口紅與指甲油。

「還有黑蕾絲。」朋友說。

「對。黑蕾絲也麻煩。二十歲前穿不起來，四十歲後穿不清爽。但如果是貼身物大概都可以。」

裸色，本身一概是好。但少女時期，要不是蕩蕩清清的，太乾淨了，襯不出它來；就是還在出油，一對比反而顯得渾濁。裸色是被時間整理過且整理好的女人的特權品。

廣義之大紅不受任何限制。

帶螢光的一概是二十五歲以前。

之七

一句同時存在著天堂與地獄的發言：「看到她的長相，就覺得原諒她算了。」

之八

「不要罵人垃圾。」

「怎麼說？」

「垃圾變成垃圾並不是自願的。但人變成垃圾，通常是自願的。這樣子借喻，豈非糟蹋垃圾。」

星期天的下午

星期天總是醒得晚，不接近中午不能闌闌珊珊起身，起身便挨挨蹭蹭和貓打轉，睡衣亦遲遲不換下來。七日復七日，七日何其多，城市人像籠中跑輪小鼠一般如牛馬走的一週又一週，也就指望此刻一點留白，什麼事都懶理，衷心抵抗一切高高低低的志氣，並竭誠反對所有前進路線及其目的地。

畢竟從星期五夜裡開始的諸般好事自此接近尾聲了。再沒有比星期天的下午更適合證明寸金難買寸光陰的傻道理，尤其天氣晴的日子，陽光愈是大好，愈是顯得緊急，人在哪裡都不對，在哪裡都感到凡事留不住，內心任何洋溢隨時間一刻一刻地被潑光，剩下一個乾乾的人。不管什麼季節，星期天的下午都顯得特別慌，特別短，真不想靠近夜晚啊，真不想看見天空在藍與黑之間齟齬，摩擦出一段瘀青時間。又真不知道明天到底是照樣天亮比較好，還是再也不天亮比較好。

有時候也下雨。下雨時像第一次在誰的房間度過夏季夜晚的第二天，揉來滾去，一時這個醒了那個還沒醒，一時那個醒了這個還沒醒，等兩個都透徹過來時已經是下午，日頭早就過山，慢吞吞地正要換衣服出門找東西吃，雷雨忽喇一陣如天意降下，那不如就繼續懈怠放逸；或者又睡著了，或者一直說垃圾話吃零食，或者亂翻書，或者浪費體力；哪裡也不去哪裡也不用去，外面在下雨，外面已沒有什麼你們要找正在找的東西。

有時候陰天，恰好稍有風，便貌似很文明有教養地試著走進社會了。去書店吧，去公園吧，去廟宇吧，去茶館吧，去街道吧，去勝地吧，城市人還能去哪裡呢？星期天的下午，哪裡磕磕碰碰都是人，真是發厭離心的大道場，可是島嶼沒有國境線，往八方逃，最後都是八方落水而已。

所以有時候就只是胡亂吃些午飯，在沙發上泥住了看電視，星期天的下午電影固定地難看，電視新聞固定地乾，隨便剪幾支youtube寵物影片就顛過來倒過去地放，難免又盹過去，踡在客廳沙發上頭埋在墊子裡長長地午覺，昏沉散亂，無怪佛要特別為人說一本《離睡經》。其實那也只是盡量地快速地浪費掉消耗掉這矜貴的最後時光：如果終究無處可去，如果終究不能再做什麼，那不如閉上眼睛，隨手撒漫，至少不必眼睜睜看著那廢棄，那荒擲，那百無聊賴。我常常在星期日午後的睡眠裡熱熱鬧鬧地夢見末日，虛空中大火球紛紛轟然落在地面，高樓攔腰傾折，我一面打電話關心家人安危，一面在心裡莫名其妙地冷靜：「啊，終於讓我看到這一天。」或者是恰好相反的一座寥落場景，放空無人扭曲的長街，上下沒有起點終點的樓梯，光線黃黃的，像一盆萎謝無人知的花草，非常奇怪，只有在午睡的夢裡，那種只經過夕陽而不經過破曉的夢裡，才有這種不可解的頹唐，不可說的幽冥。

然後慢慢醒過來，周遭已經全黑了，電視螢幕閃光刺眼，貓在腳邊打起一個大呵欠。睡得太久，頭隱隱作痛，要洗個澡，理一理精神，準備明天。雖然說，明天它完全不會是新的一天。

我的小物業

清理雜物這事情像夏日午後的雲圖、山稜上的瞬霧或腦裡的眩暈一樣不可預測，這裡所謂清理不是日常整潔隨手拾掇什麼的，而是一時想把世界燒了，可是仍知道不宜縱火，你只好丟。

抽屜與衣櫃，書架與儲藏室，皮夾與首飾盒，定睛一看，都是萬般將不去，唯有業隨身。永遠有這麼多用了一半各種顏色的指甲油，燦爛到中途就枯乾；放太久的維他命或保養品，承諾抵達前就無效；一些來自商家的滿額贈品破爛小雜物，醜樣馬克杯，惡俗名片夾，品味很差鑰匙圈，看著只覺昏頭昏腦，幾乎自覺不屑：這種東西，一開始幹嘛帶回家？幾匝無用名片，各種過期發票折價券，是整個時代的糜費，半場人生的徒勞。東洋傳來整理術術語「斷捨離」，口吻中帶宗教性，宛如甘露傾倒，熄滅火宅，性命從此清涼……又有詞彙為「物業」，說的是房產，但我每覺得像警語：物即是業。

物即是業。寶愛是業，棄之不顧也是業；留是執著，去也是執著。丟棄才不是割捨，丟棄是一劑微量興奮藥，就一點點，金屬針尖刺破手指，輕巧一痛並快樂著，即使只是隨手扔掉幾支斷了墨水的原子筆，都讓人有支配的錯覺，做了選擇的錯覺，生活拾級而上的錯覺。因此世上有喜歡囤積的人，當然也有喜歡丟棄的人，例如我，每每整完雜物，常常就要跟著清書，無預警把各房間各書架上的書本掃了滿地，這本要，那本不要，一邊一國不猶豫。他來我家，看見了，嚇一跳。畢竟再怎麼說，每本書裡都動員著各樣的思慮，因此棄書便總有一種殘酷意味，像一下子翻臉，說否決就否決了這麼多人心。

第二天，當時的人來接我午飯，一進門，更驚訝地發現前夜拆了一屋子的書，又紛紛像新生兒睡搖籃一樣安穩在架，一場騷亂無痕，只剩門邊三堆半人高的舊書要請人收走。它們沒什麼好或不好，我只是不要了。「一個早上，妳就自己把這麼多書整理好了嗎？……」語尾的刪節號不知是慶幸還是若有所失。「當然啊。而且也沒有很多啦。」我說。

曾有一段時間兩人幾乎沒有什麼事件或場合不是在一起，我甚至頑劣地把一些小型家務都推給對方了……可是理書這事，再體己的人都忽然顯得遠而稀薄。你可能曉得對方吃荷包蛋要全熟半熟，隨口拋接彼此下一句話，閉著眼睛為他或她挑出一件合意衣裳，但沒人能知道我的書架上誰該跟誰歸宿做一處，沒人能知道我為什麼把這冊與那冊放在同一排……寂寞的星球，寂寞的秩序，徹徹底底這是各人造業各人擔。

吃飯時，對方忽然又問：「對了，妳是不是也把臉書帳號關了？」「對啊。」「為什麼？」我想一想，發現原來很難向不用臉書的人解釋那上面瀰漫了多少貪嗔痴，多少不清醒，多少心毒與多少執念，只好隨便回答：「反正，臉書也有個書字嘛，就一起清掉了。」「最好是喔，我來算算妳可以關多久……」

小小的物，小小的業，瑣碎中纏繞，一邊解一邊結，來來回回，過日子的有意思或沒意思，都在這裡面了。

跑以及種種

夜在季節與溫度之前已搶先召喚來了風，背後似乎有演出整部公路電影的夏天一路在驅趕，呼吸喘喘地落在人的後頸上。就要追上來了，後面有些什麼似乎就要追上來。

誰說三十幾歲不是一個坎呢？到了這時候每個人腳上難免都拴著些未曾超渡的咒與怨與七夜怪談或是鬼來電吧，或許必須齊踝切斷（這就是奪魂鋸了）；也或許只能一次一次被絆倒，這個年紀跌倒已經不覺得有什麼難受了，挫傷了膝蓋手肘流血，就坐在那裡休息一下，想一想，只好笑出來。

所以或許也有個方法就是跑吧，跑起來，讓那些魂結鎖鏈跟著步子的捶打叮叮噹噹金擊石響。我稍微快一點，稍微快一點點而已。因為知道速度再快最後仍然必須轉身掉頭，重新踩一次那塊砌出格線的磚腳，途經一叢晚開的花，再掠過早收的店。於此於世界，在繁星垂顧之間，我不過是又再徒勞地繞出一個歪歪扭扭的圈。

想要跑步其實也沒什麼迫切直觀的原因，你我身邊許多人不都是這樣三十幾歲之後才開始補修一堂體育課？村上春樹也說他是三十三歲那年才開始長跑之路（現在竟然可以跑出驚人的一百公里），與其說是養生健體的危機意識，或許更多時候是一個幼稚的人終於成熟到能夠進行決志的操作，終於理解唯有這個將靈魂拖累在命運裡的可見的身體，變得堅固而得用，我們才真正能將不可見的意志作為武器，裝備起來，讓所謂的人生戰鬥不再是對空氣揮拳的愚行。想成為更不怕痛的人。想成為更撐得住的人。想當個更能跟世界過不去的人。於是在這之前非得先跟自己過不去。有一派中醫理論不贊成西方說法的運動與鍛煉心肺肌肉等等，他們認為真正益壽之道是少言養氣，減食抑情，器官切忌勞損，最好維持一種中等偏弱的狀態。我覺得是有些道理。但話說回來，你若仔細想想，難道不疑惑為什麼「活得夠久」會成為一種值得的追求？又為什麼要想盡辦法延長一個虛弱的自己呢？

所以我仍然死心眼地希望長些力氣，即使那力氣或恐使人摧折，可是瞬間是否能造出光輝，就算只是墳骨摩擦出的一點點磷火……好吧，我剛剛說了謊，最早發生練跑念頭原是基於一個可恥、愚蠢但實際的原因：因為體力太差。而體力太差恐怕很容易警察追個幾步就被捉去然後拖到旁邊打了。為什麼要擔心這種事呢？或許也不該問我，或許該問一問「他們」，為何讓一個三十幾歲最喜歡躺在沙發逛網拍滑手機看電視的無聊懶惰中年女子，開始考慮「跑給警察追」吧。

但很顯然現在我還不夠快還不夠遠還不夠久，還不夠好。我再度回到另一圈的起跑點，不好意思告訴別人現在的累計距離，太沒面子了，只能說這時喉嚨開始縮緊，肺部灼燒，肋下好像中拳。我決定速度慢一些，稍微調整耳機裡歌曲。一塊磚兩塊磚，兩塊磚三塊磚。眼睛看住腳尖時，氣忽然就長了。跑步大概是我們做人唯一適合短視的時刻。

有陣子我對facebook上充滿朋友參加馬拉松的照片或慢跑哩程app打卡紀錄感到煩悶（難免也是有點羨慕嫉妒恨，他們可真行啊），直到自己穿上（其實已經買入很久的）跑鞋和（買入更久的）運動短褲，才逐漸想通路跑或馬拉松蔚然成風或許不完全是湊熱鬧的問題而已。我的意思是說，拜託，跑步這事可真是集枯燥、辛勞、撞牆、疼痛與歸零之大成了，之於習慣在舒適圈裡被動等待大量訊息流沖洗的現代人而言，我實在不以為它有什麼造成流行的本事。此前甚至連在電影裡看見跑步場景我都不耐煩。只是上路之後，忽然有點體會：不，這不只是腦內啡的問題吧，這無效的做功，孤獨的位移，腳步在路面不造成任何痕跡的夜間施作，我曾以為這是全世界最令人沮喪的行動了，卻不知為何發現地球回饋了一種反作用力，從腳底進入血管一路往上，抵消那些生命史偷藏在人身角落的小小挫折。似乎不是（或還不是）所謂runner's high，反而接近一種沉睡的清潔狀態，非常奇怪，或者可以說跑步這件事像掃地機器人或者是磁碟重組程式，咬著牙齒獸類似的嗤嗤喘氣，筋肉拉拉扯扯細微撕裂又自行修補，發現骨盆與腰椎好像有點走位，膝蓋也不時喀啦一聲，似乎是教室清潔工廢然將刷子一丟嘆口氣的聲音。唉，果然還是漸漸成為積灰塵世裡的濁人嗎。

所以再一圈？時間接近午夜，路面已經沒有什麼人，路燈也垂頭喪氣。想起平日讀的鬼故事有點退縮。但反正還無法睡，似乎應該繼續。其實我真的也跑不了多遠，而且真的也沒那麼喜歡跑步，但說起來慚愧，好像是直到這年紀才學會強迫自己做些也沒那麼喜歡（但無論如何算是有益，且無懼於獨對天地）的事，或許這同是許多三十幾歲人的覺悟？我稍微忍耐住腰痛，從出發點再來一次。

我想如果人跟跑步一樣就好了。跑步雖說是件關於「原地繞圈」或「回到原點」以及「到最後哪裡也沒抵達」的事（即使是全程馬拉松，最後還是要回家啊），看起來真是徒勞無功至極，可是會不會，它有種形上的拯救意義，也正繫乎此呢？你永遠可以從頭開始。永遠的一天。這次可以避開絆腳石，這次在喜歡的轉角慢一點，這次我們與街道與光線都一樣但也都不一樣了。紅燈亮起，我停下時雙手扶住膝蓋不知怎會想起多年前與M的事（這也是三十幾歲人的前中年毛病吧……）。那些年輕的宛如不光滑金屬鋸齒切面的錯誤，如果可以都不必犯。如果都沒有被那些錯誤一再粉身一再碎骨。如果我們是座能夠一次一次回到入口處，一次一次環抱住整個七月的夏季操場。

有種常見的修辭說臉上「分不清是淚是汗」。啊這其實錯了，這完全是局外人與路人的看法，如果你經驗過就知道它們在肌膚上的感覺截然不同，非常奇怪，無法形容，勉強要描述，我會說汗是鬆的而淚是緊的。綠燈沉默地接過這個路口，我跳上斑馬線背脊繼續往前，其實原該在此轉彎但我沒有。對了剛剛說到那裡？啊，夏季的操場對嗎？可惜，最終仍只是彼此銬在腳上的咒怨與怪談而已。所以我想再往前一點，繼續往前，讓奔開的速度快得不像自己，也不知後面究竟有什麼追趕，但現在不能停下來。因為我非常明白汗與眼淚的差別，除了感覺之外，還有另外一個：若它是汗，停下腳步不多久就會被風吹乾，而那時我就會毫無尊嚴地被每個路人發現，讓人一路胸口起伏、心臟壓縮、狼狽的與終於沿著臉落下的，原來並不是汗。

普通上午無事晴朗

經過住宅區小公園，季節到位時候，連空氣都是綠的。我想起一句蠢笑話：「這裡一個人也沒有。但是有兩個人。」那對中年男女坐在石椅，男子頭髮半白，女子膚光黯淡，可是他們肩與肩的倚靠不鬆也不緊，一人手握著另一人手，安閒說話不相視。一切這麼普通。其實普通並非不高不矮不胖不瘦也非平庸，普通裡往往富有各種複雜一切元素，只是打碎攪拌挫細，敷滿地球表面。而在這普通到連老人都懶來的都市殘角，這麼普通的人，這麼普通的四月白日，真是完美的普通。但事物若顯得完美，那又不普通了……我一面走過去，一面在腦子裡糾結個沒完，但不管是我經過，車經過，狗經過，他們都沒有關心的意思。普通的愛。哪一天可以看見一部台灣電影或電視劇，不講文青不講偶像不講咖啡店不講大總裁也不講小男女，而願意講一對像磨薄起毛絨料大衣袖口的普通中年人呢？有時我擔心自己等不到那一天。

拿備用鑰匙準備進入朋友租住的老公寓。有個牽著腳踏車買完菜的太太已在前面開門，她顯然認識這樓裡所有人，或許我和我的太陽眼鏡介於可疑與不可疑之間。她看我一眼，回過頭，想一想，又回過頭：「你找哪一家？」「我幫三樓餵貓。」「噢！」她放心了。貓很寂寞，這隻大頭圓眼睛的貓名叫黑胖，黑胖任何時候一概寂寞，水泥牆與小拼木地板都冷的，我坐在沙發上看牠吃飯，牠草草吃完，火速奔來，將全身如枝頭熟果投向地心引力那樣熱烈投向我，但我最多只能停留十五分鐘。起身出門時，牠終於靜下來，遠遠看著。人總是一直在走開，我總是一直在走開，牠恐怕一生都學不會：做一隻貓，要懂得先走開。但我不忍心對牠這樣說。

便利商店裡再遇那個陌生的畸零人。這一帶住了十多年，這兩個月才頻繁出現。是忽然從哪裡漂移過來的嗎？或者她一直都好好住在這裡，或者她本來是某個偶爾擦身而過的普通大姊，只是最近有一天，就壞了。她像所有你讀過看過想像中的失心者，頭髮亂來，披掛過度，眼影刷出一片藍或一片綠。她固定拎著十幾個以上內容不明的塑膠袋，結帳時統統堆占在便利商店櫃檯，取出少說有一公斤的零錢購買雜物，或者食品。她一邊對腦子裡的人說話一邊滿檯面撒開一元的五元的十元的硬幣。沉默的打工男孩慢慢撿起來。排隊的人們不發一語。沒有人表現不對模樣，沒有人盯著她。或許不是慈悲也不是寬大，只是一點膽小與一點克制，可是我有點意外，這城市竟有一個讓脫軌者也能夠尊嚴的水土保留時刻。

在不算殘酷但可能有點兒沾黏的台灣四月，世界有病進行。有傷害被完成。有血凍結有鐵燒化，也有全天星星都化成眼仍看顧不完的艱難，同時非常確定遠方有戰爭。有些人愛著，有些貓寂寞，有些瘋狂就在一個呼吸的距離，詩或歌都救不活也叫不醒任何人。然或也有一個春日上午，無事晴朗，萬物普通，不是好日子也不是壞日子，記不起來也不可惜的日子。卻正是這樣的日子，包裹住了傷。

無人知曉的我自己

是枝裕和多年前有部電影《無人知曉的夏日清晨》，日文片名就叫「誰も知らない」（誰也不知道）。我很喜歡這部電影，優美，殘暴，如純銀鑄造重錘敲碎所有骨灰甕。特別喜歡「無人知曉」四個字，那些纖小如光線與飛塵彼此剔透的理解，祕密如一顆包心菜與它的蟲之間的心照，彈指間有明白，吹灰中現微悟，甚至連「我懂了」三個字都顯得太笨重，因此你捉不著。

某一日我忽然發現過去這一年實可謂有風有浪。之所以說「忽然發現」，原因是心境上很平淡，不覺太多顛躓或者翻攪，彷彿在橋這端回頭了，發現剛剛走過一條懸空千仞的繩索，四面刀壁森森而立。原來曾有許多可能粉身碎骨的瞬間啊，原來曾有許多座光爆或壞滅如小行星擦肩而過。而我根本不知道。

這一年我一面做著正業的記者，拍照採訪，出差出國；那一面寫著專欄。一禮拜七天裡常有三次截稿日，同時沒有一個可以抵賴。怎麼辦成的呢？不知道，真是不知不覺，現在只感到是難得而糊塗。當初我很猶豫是否應該接下專欄的事，時間緊張是一個原因，另一個原因則是我對散文的暴露性質非常警惕，但最後決定的原因也很簡單：這是一個對治脫略散漫、訓練自制與自我管理的好機會。有時寫些緊密緊張的，有時寫點鬆散漂蕩的，這樣試試那樣試試，剛愎自用。一年過去，「準時交稿」這件事，到底不太及格……但總算不差不錯到句點。

雖說間中難免枝節。去年秋天，大概金氣太過剛強，好幾個媒體集團高空亂鬥不休，一日我工作的甲媒體忽以「禁止兼差」一由關切我在乙媒體風馬牛不相及的私人寫作生活（儘管這件事我原已報備過）。過了幾天，又聞甲媒體將打包賣給一眾上海人所謂的「大好佬」（並不是大好人的意思），金主之一即為乙媒體的話事人。我盯著電視台跑馬燈，感到一切既合理又瘋狂。商人只是商人。或許因為大破大立或大迫大利正亟亟冒出眼前？此後大人們便也沒心管我這「兼差」的小破事兒了。再過幾個月，交易不成，舊主復行視事，整頓不賺錢單位，大家鬆一口氣：早該拔管了，高高興興拿錢走人是最好結果，而商人的義氣就是不拖不欠。朋友正色道：「過去幾年你忙也忙了、吃也吃了、玩也玩了、錢也存了。現在正好專心做點兒自己的事了，例如寫作……」「閉嘴！我一直留在職場就是為了逃避這件事好嗎！」我大叫。

這一年也識破些滿口仁義道德而一身男盜女娼的人。這樣的人在故事與新聞裡太多，多到都嫌俗濫，但真正貼身看透又有更仔細的領會：虛偽的最高境界並非欺過世人，而是欺過自己。狼行千里吃肉，狗行千里吃屎，真心以為自己是好人的卑鄙者就像誤以為自己是狼的狗一樣麻煩。但說得明快些，你也不過像夢遊時蟑螂誤飛入口，趕緊呸出來，聳聳肩，把家裡掃掃乾淨作罷。蟑螂天生披個油殼子，有洞就鑽，也總是有別的倒楣人家可以竄。

這一年如果早一些來，可能讓人所有的柔軟都堅硬了；如果晚一點兒來，又可能讓人所有的堅硬都龜裂了。我當然不能確定這是不是最適當的一年，可是在這些無人知曉的時刻，我發現一個無人知曉的自己，在逼視中生冷靜，在暴烈裡生安然。

也是這一年，我們發現母親得了癌症。

去年春天她做例行健康檢查，忽然發現肝上有暗影。醫生「眉頭一皺，感覺案情並不單純」。

然後就是一個禮拜檢查這個、一個禮拜檢查那個、又一個禮拜檢查另一個，接著轉醫學中心。轉診後再重新檢查這個、檢查那個……確診已經是接近夏天的事了。而且問題原來不在肝而是肺。

現在想一想，最困難的時間其實就是那一個禮拜、一個禮拜與又一個禮拜。大醫院大結構各種愛莫能助的規矩就是讓痛苦都不痛快。我一直非常討厭小說描寫醫生「宣判」而相關者都「晴天霹靂」的修辭，以前是因為太俗濫，現在則是覺得它幼稚，讓人為難的並不是你證實了那件事，而是懷疑卻遲遲無法證實那件事：爆炸是乾淨的，只有那小小陰陰的，發藍的文火才能把人與事煎逼入骨，神化髓酥。雖然我不可否認這兩字仍然精確地描寫出命運看人身那種居高臨下的眼神。

你只能等。我記得那段時間幾乎沒有哭泣過，就是等。因為我覺得哭泣的兆頭很不好。一開始其實很令人困擾，我不知道應該要有什麼情緒，該往好處想一點還是根本不要想呢，該崩潰嗎但好像又太早。我還是照常上班，和採訪對象或者公關妹妹裝熟。只有一次，我在外面工作，梅雨季剛開始，為了不過度干擾受訪者工作整個過程斷斷續續，有個空檔我站在屋簷底下放空，等到發現時眼淚已經流了一些。我沒帶衛生紙，就拿手背抹掉，然後找出粉盒補粉。

我當時想到什麼了嗎？沒有，什麼都沒想。我真的只是空著。

後來所有人就一直非常冷靜。我和我弟吃了一段時間的素，有空時念些藥師咒，在網路上查資料，除了開刀那段時間請了幾天假之外還是上班，寫稿交稿。也沒有呆若木雞，也沒有呼天搶地，我清楚知道腦中有個迴路像過熱的保險絲跳掉那樣咖答一下，有個閘放下來擋在心口與腦門之間。事情來了無非是處理。除此之外也沒有別的。

確診兩個月之後排上手術。後來又發現腫瘤有兩顆，一顆在左下葉，一顆在右上葉，有個關於肺癌的小知識是這樣的：如果這兩顆病理化驗結果發現是同一種（或說，有親子關係吧），那便非常危險，代表已經全身轉移。反之，情況就好得多。是從一期到四期那樣大的差距。

還好結果是不一樣。「大概沒人想過，同時得兩種不同的癌，也會是個好消息吧。」我說。

整個夏天就在開刀，前後兩次，尚且被叫進開刀房在無預警的情況下看見切下來的肺葉以及裡面像煮熟蛋黃似的所謂的「壞東西」（還好我沒瘋到拍照上傳臉書打卡）。我母親非常得人緣，那段期間有個好朋友每天清早料理三色小菜、一罐綜合果汁與一鍋野生鱸魚燉雞送來直到她出院。年底，這個朋友發現腦瘤，在蛇年農曆除夕過世。

就這樣子過了一年。有個在外地工作的朋友日後說：「我很驚訝，因為表面看起來你什麼事都沒發生。」

我說我也感到自己什麼事都沒發生。原本只覺得自己是種種任性，誰知誤打誤撞，漫漫蛇行，大概也走成了一種韌性。我常認為自己心性遊蕩，情志不堅，然而，終究在一個無人知曉、甚至連我自己都不知曉的時候，好像練出無人知曉的功夫，變成一個無人知曉的自己。雖然我想，那其實也就是擺幅很小，局外人都將不察的一個倒踩步或推手勢。可是，或許人生的險與不險、救與無救，都不是天壤之別，而是差在那麼角度那麼窄那麼微的一點點。像瘤子與動脈之間差的那一點點。

因此我才能站在春與夏的岔口，寫完了最後一篇專欄，此時太空仍有流星繁繁紛紛，不知多少次多少枚與大氣層擦身而過。我們跟天地討來一點點銳角轉圜之地，然後那日子就能看似風光明媚、希望無限地過下去了。雖然誰都知道，每個清晨，都是劫後，每一分鐘，都是餘生。

我們沒有變成

童年時候，難免都想過：「以後，我會變成怎樣的人呢？」命題作文裡不也成天寫著這些嗎，我的志願，我的將來，我的理想。總是記得小學四年級有一日放學，我踢著路面上沙沙如米的小灰石走回家，陽光披肩斜下，心中忽然起了萬分狐疑：「現在才十歲，感覺已經活了好久。再過十年，二十歲我會變怎樣？三十歲變怎樣？那時我會不會記得這一天？我會有什麼感受？」當時無解，只能寄望明天會更好，只要我長大，長大是解答。

後來才發現，事情不是這樣。事情往往不是我們「變成了什麼人」，卻是「沒有變成什麼人」。命運與世界一路使用消去法做著一日又一日的習題，而我們是一道又一道被鉛筆輕輕槓過的選項。即使在這一題裡，符合正確文法，一旦換張考卷，甚至，只要換個問句，我們又是一個錯。像一場戲裡，勤勤力力，演了好久，忽然發現主角根本是別人。你出現只是為了敷演他的勝利。妳活著只是為了成就別人的喜劇。

我們沒有變成快樂的人。其實我們都過得還好（有時，甚至可以說是很好），沒有太多可以挑剔。但我們仍然沒有變成快樂的人。是不知足感恩啊，教育家說。是不懂人生真味啊，勵志書說。要「進入光與愛」裡啊，靈修者說。他們好喜歡一再強調：「快樂不難。快樂很簡單。」粗體反白加底線。可是難道你沒發現？任何被一再強調的事情都有問題，就像你並不需要天天提醒自己：「今天太陽從東邊升起。」

我們也沒有變成聰明的人。有些時候，眼睜睜就看見那個從小擁有各種成就如積木一般隨手堆積上去的男孩或女孩，最後坍塌了。有些時候，我們表面倒是靈巧，都知道最好的手段，最理想的方式，最有效的動作與最有利的抉擇，可是呢，永遠還是在最關鍵的時候，做一個最愚蠢的決定。

沒有變成坦白的人。有一天就學會了騙人。一開始騙別人，等到實在騙不過別人，只好傻得回頭騙自己。輸的時候說是不玩了，被棄絕時候說是自己不要的；而那個永遠不被愛的（是的，即使聽來悲傷不真，但世上終究有些誰不被任何人愛。你不能怪他，但也不能怪任何人），便告訴自己說是世人與那個人都看不出我有多美。旁觀的人，或許心生鄙夷；可是，如果現實讓他活不下去，若不顛倒若不夢想，難道你要他去死？

真能直說一句「去死算了」，也就算了。問題是我們總是灰灰的，不敢變成惡人，也不夠變成善人。有時會感覺自己身後發聖光，其實只是手裡一無籌碼，只好說一句：「因為我善良。」善良這東西真的很善良，總是願意擔當一無所有一無所長者最後一道廉價下台階。而有時候，當你自愧是不是壞心了點兒，過分了點兒，那個時候，反而是種善良。

大多時候，我們沒有變成。沒有變成自己厭惡的人，也沒有變成自己信服的人。倒是從前以為「長大就好了」的那些小事，例如近視眼，青春痘，壞脾氣，結果都變成「長大更不好了」。最後，只好發明三個字，「小確幸」，抱著它，在生活偶然綻破的慈悲一瞬裡，終於有個機會，暫時忘記這件事：我們沒有變成一個幸福的人。

九歌文庫 1165

感覺有點奢侈的事

作者	黃麗群
責任編輯	羅珊珊
創辦人	蔡文甫
發行人	蔡澤玉
出版發行	九歌出版社有限公司 臺北市105八德路3段12巷57弄40號 電話／02-25776564・傳真／02-25789205 郵政劃撥／0112295-1
九歌文學網	www.chiuko.com.tw
印刷	晨捷印製股份有限公司
法律顧問	龍躍天律師・蕭雄淋律師・董安丹律師
初版	2014年 8 月
初版 6 印	2022年 6 月
定價	**280元**

書號	F1165
ISBN	978-957-444-954-5

（缺頁、破損或裝訂錯誤，請寄回本公司更換）

國家圖書館出版品預行編目資料

感覺有點奢侈的事 / 黃麗群作. – 初版. --
臺北市：九歌, 民103.08

面； 公分. -- (九歌文庫；1165)

ISBN 978-957-444-954-5(平裝)

855 103013020